竹笑

同芥川龙之介东游

柏桦 —— 著

北京出版集团公司
北京十月文艺出版社

目录

缘起

竹笑：同芥川龙之介东游

附录

缘起

轻逸日本：一种《枕草子》之美

芥川龙之介（1892年3月1日—1927年7月24日）在《杂笔·竹子》里说："中国人称被风吹拂的竹子状态为'竹笑'。刮风的日子里，我也观赏过后山野竹，心中一点也没泛起'竹笑'的美感。"那么竹子，这种最能代表东亚之美的植物，在芥川龙之介心中泛起的是什么呢？好了，在此不纠缠竹子或竹笑的中国之美，让我们来跟随芥川龙之介做一次东游，一次《枕草子》式的东游……

我一想起日本，首先就会想起芥川笔下的池尾寺，想起禅智内供的鼻子。那是1982年的秋天，我在重庆第一次读到芥川龙之介的《鼻子》。从此，我怀着复杂难言的心绪开始留心日本，直到1990年读到周作人翻译的《枕草子》（收入《日本古代随笔选》，1988年9月由人民文学出版社出版）……《枕草子》带给我的震惊，我就不在这里多说了，只说一句：是我让这本美感轻逸的书风靡了全中国。

万年青天，燕子接力飞过，一代又一代，日本！穿梭妻取里，飞往耳敏川……日本不爱真实的自然，只爱修饰了的自然，多么精致的自然呀，或反自然，譬如日本树木，无论古今，都要经过人工的修剪。日本多是驯化的树，少野生的树；中国则相反。

平冈敏夫（1930—　）教授，研究日本文学的"黄昏意识"，他从研究《源氏物语》《枕草子》的"黄昏"开始，一直绵延到夏目漱石、芥川龙之介的"黄昏"……他还专门从"黄昏"风景的角度，研究了《罗生门》《橘子》《杜子春》等芥川小说的黄昏故事。（参见平冈敏夫的文章《越过大海的芥川：北欧、亚洲随想》，《芥川龙之介研究文集》，译林出版社，2014，第190–198页）

一看芥川如基督，以毒攻毒，卫生学好敏感，"人在同一个圆周上要绕多少圈"！二看芥川在人间，所有事已做完，唯有一件事没做——发疯。三看芥川自杀的原理、命理和星相——没有良心，只有神经，人生是他神经的函数，他用神经进行微分（参见小林秀雄的文章《芥川龙之介的美神与宿命》，《芥川龙之介研究文集》，译林出版社，2014，第3-6页）。

在《源氏物语》，末摘花有一个白象的鼻子。在夏目漱石的《我是猫》里面，有一个鼻子夫人。在池尾，禅智内供荡起他那六寸长的鼻子。许多年后，2010年的夏天，我竟然也写了一首诗《鼻子》，现以散文形式抄来如下：

不知为什么，有一年春天，我的耳畔老是响起一句话："别打着鼻子，喂，可别打着鼻子了！"那是一个南京的晚春，那儿并无禅智内供在池尾黎明的秋风中晃荡着的长鼻子……但这个体育老师的鼻子还是太肥了，我曾在孝陵卫孤单的校园里见过，可我没有兴奋，也无痛苦。之后，一心惦记着他的鼻子以及他遇到我时害羞的样子，一天晚间我重读芥川龙之介的《鼻子》，真的没有人再笑他了吗？是的。那从灵谷寺悄悄走过的肥鼻人（体育老师），也曾有一位远方的东洋兄弟（禅智内供）。此时，我

的情绪开始爽朗了起来，默念着芥川小说里最后的话："这样一来，准没有人再笑我了。"（写于2010年8月6日）

除了芥川龙之介的"鼻子"，佐藤春夫也有一个发现：徐志摩的鼻子像香肠。（参见《郭沫若学刊》，2010年第3期"郁达夫罹难六十五周年纪念特刊"，武继平教授翻译的文章《佐藤春夫致郁达夫："咱俩犹如席卷世界的暴风骤雨中的小鸟"》）"鼻子"之外，丰富的日本是一个什么样子呢？请让我杂说如下（其中也有一些是别人说的）。

日本之轻，轻得小小，就连"日本的天皇也称天孙，皆是幼小的，与造化小儿共嬉戏……"（见胡兰成：《建国新书·为政篇3》）

接着，胡兰成在《日本的风物》里说：

……在西洋连一只可以与日本相媲美的盘子也没有。（柏按：当然不是！）

……张爱玲说日本的美是一种制约的美，它虽非常贞洁，但也包含了一种悲哀。日本的音乐亦是非常哀调的。

日本虽自唐朝传习了礼，但终未习得乐（柏按：情况并非如此，据金伟教授说，在日本，唐乐和韩乐都曾东渡日本并保留至今）。……其后，朱舜水渡日，他亦只是考订了礼制，而未及乐。

日本文学有两种情调，一种是楚人的徘徊惆怅，是极不安定的情绪。一种是宋朝人的雅致与潇洒，是极其安定的感情。（柏按：宋朝女性般的纤细和神经质呢？宋朝也是不安的）

1943年夏，沈启无（周作人四大弟子之一，后被周开除；又与胡兰成搅在一起，终被胡嫌弃）在东京写下《留别》。他这样赞美日本：

你们的精神将永久是年青的吧
大气压之下安放着可爱的幽静

接下来是一个我做了极大改造后的胡兰成的观点：日本因小而精确，女性化的日本要把人逼疯，连男工程师都是女性的。日本文明如春，而无秋冬，也因日本是女性的？

爱面子的日本人用了至少一百年的时间，总算在清洁上略胜过了荷兰人。

"日本类儿戏，变化如风狂。"（郑孝胥《冬日杂诗七首》）

2014年国庆前，在成都与王寅兄聊天，他对我说起一个日本细节：日本的创可贴有几十上百种（根据人体各个部位设计出大小规格不同的创可贴），而我们只有一种。我在想，我国如果哪一天能生产出两百种针对不同部位的创可贴，我国就彻底胜过日本了。

诚实的日本人可以把生意做得像蝴蝶那样轻盈，直肠那样耿直。

只有在日本，你才可以看到一位七十三岁的男人变成一个十九岁的女人。（参见唐纳德·里奇《日本日记：1947—2004》，上海译文出版社，2011，第53页）某人就在日本的能剧之乡金泽，见到过一位百岁老太爷戴着面具扮演妙龄公主。

想到坂东玉三郎，就想到一句名言（这句名言亦适合大多数日本男人）："相逢是男性，道别是女性。"（参见唐纳德·里奇《日本日记：1947—2004》，上海译文出版社，2011，第280页）如是，在吾国，徐志摩才说沙扬娜拉，以此来形容日本女性低头的温柔及甜蜜的忧愁……日本音乐薄而吝啬，弱且沙扬娜拉（此处沙扬娜拉取声音不取意思）……

《源氏物语》认为男人是月亮。日本稀有男性美。日本天皇的用语（敬语和自敬语）是女性化的？日本男人亦是女性化的。日本的文明更是女性的。正因为"日本的是女人文明，故其言恋情之美世界第一……而老庄是中国男性文明的男孩儿"。（胡兰成：《闲愁万种》，中国长安出版社，2012，第183页）

"穿厚点，别着凉。"即便是晚春初夏天气，中国妈妈和俄国妈妈都爱这样对孩子说话。日本妈妈却不这么说。另外，我曾说过中国人怕雨。后来在帕乌斯托夫斯基的《一生的故事》第一部《遥远的岁月》第58页（河北教育出版社，2001），又见他说起中国人，"他们唯一的缺点就是害怕下雨"。日本人怕雨吗？芥川龙之介就说过他不怕雨，怕热。

中国人以光洁为美，女性化的日本人怎么又对毛发兴味浓烈？

芥川龙之介对自己的身体好敏感，洗澡时发现胸口的痣上长了一根毛，也要写信告诉朋友并写上一句诗："秋风里，痣上长了一根毛。"（参见《芥川龙之介全集·第5卷》，山东文艺出版社，2005，第237页）

日本人的羞耻感其实就是中国人的好面子，前者无甚夸耀之处，后者也不必为此自卑（或更不必对这所谓的国民性批判一番）。

在日本，性交之后，物之哀。日本人的性交若蜻蜓交尾般轻轻摆动一下，淡泊而清洁。（三岛由纪夫《阿波罗之杯》，作家出版社，1995，第347页）蜻蜓，日本被称为蜻蜓洲，日本也叫蜻蜓之国。

"我对日本就只像是对《诗经》朴素的朗读。"（胡兰成《〈心经〉随喜》，小北译，大雁文化出版，2012，第180页）

日本初夏夜，"犹如苦竹，竹细节密，顷刻之间，随即天明"（周作人译日本小诗）。竹子之美含蓄逸出，虽无中国式竹笑，亦可看作一番日本"竹细节密"之竹笑也。还有一点需特别注意！夏天！夏天的日本才是真日本。青年时代，他并不在乎那种日本式的清贫；夏天，他在花园里看书直到天黑。

因为宋朝是轻盈的，日本的一切亦是轻的，"连火车都使人觉得很轻"（参见胡兰成1950年9月28日从日本致唐君毅第一封书信，薛仁明主编，《天下事，犹未晚：胡兰成致唐君毅书八十七封》，台湾尔雅出版社，2011，第26页）。想想看，日本车比起德国车来，轻多了。由此可说：日本的工业是女性的，正是在这一点上，日本工业与西方工业（男性的）彻底区别开来。

关于日本之轻，就连阿根廷的诗人博尔赫斯也注意到了：

"一台日本录音机，一副日本望远镜，一把日本剃须刀，都更轻也更优雅，更不用说照相机和汽车了。"（博尔赫斯、费拉里著：《最后的对话Ⅰ》，新星出版社，2018，第13页）

日本诗歌的特征是"抓住一个瞬间，凝固一个瞬间"。（博尔赫斯的一个观点，出处同上，第400页）

"如今在日本，有时一清早出去散步，沿途沿车站见去上班写字间与上工厂的年轻女子们，一队一队，都是时新打扮，使我心里生起对她们的国家的敬意，为她们的青春，为她们的薪给工资而欢喜。"（黎华标编录，朱天文主编，《意有未竟：胡兰成书信集》，台北新经典图文传播，2011，第183页）

日本京都紫云山帝释天寺庙有小钟一百零八口。日本京都锦市场的澡堂叫"锦汤"。

世上真的没有比日本人更好的外科医生了吗？
日本的城市还和10世纪以前一样美丽吗？

为什么日本给我留下最深印象的是那些负重的山民在山间行走的样子；与我国苦力不同，他们为何连体力劳动也能显出专业感，并具有某种家族精神？

日本是无常的（譬如临时的换来换去的窗纸；建了毁，毁了又建的房子），一切皆是暂时的？因此日本的发展从不靠稳定性？

其实一个日本人是无气味的，但为什么张伯伦（Chamberlain）说"一个日本人是世界上最香的人"？是因为他们（甚至流浪者）每天都要洗澡吗？

为什么日本步兵穿不惯皮鞋，只能穿草鞋走路？

为什么日本人只吃简单食物（譬如米），就可以做最繁复的工作？

一些日本画家的名字：冈仓天心、横山大观、下村观山、菱田春草、小林古径、安田靭言、前田春村、坚山南风、奥村土牛、小仓游龟（胡兰成的朋友）。

从杜牧《江南春》知："南朝四百八十寺"（此处尤指南朝梁武帝时建康的佛寺盛况，据说其寺庙数甚至超过了五百座）。从当代日本京都知：寺庙一千六百座，神社四百多座，由此可见，世人为何称京都为"三步一寺庙、七步一神社"。

《枕草子》第一三段《原》，总共有十个"原"，倒数第二个叫：安倍原；读到此，便想到现任日本首相：安倍晋三。

日本父母最感幸福的事："心想有这么样一个女儿，在主殿司里做事，容貌很是可爱，衣服也应了时节给做了，穿着现今时式的唐衣，那么地走着。"（见《枕草子》第四五段《主殿司的女官》）看吧，幸福（不仅是父母的"心想"，也是人人的心想）就是：穿着漂亮衣服，随便走走……

大唐并非一味粗狂、宏伟，譬如有一种纤细的柜子（轻巧的床头柜），也曾在日本平安朝十分流行，日人呼为"细柜"，而细柜即唐柜也。

叶子宽大的树木难看，譬如悬铃木。日本的树木多为小叶子。

一个日本南北朝时代的童仆，名叫乙鹤丸。金伟教授则认为乙鹤丸属于平安或镰仓时代。

"……五四时代的青年只想做诗人，因诗人是不为职业的。"（胡兰成《山河岁月》，中国长安出版社，2013，第242页）"抗战中间，中国这边是有孙权这样风度的，可惜日本那边没有曹操的妩媚。"（同上，第261页）

中国人马虎，日本人认真，这是区别两个民族的老生常谈。"日本人的脸和身体上也凛然带着这一种不苟味的。"（内山完造《一个日本人的中国观》，新星出版社，2015，第55页）为什么会有这样的分别呢？胡兰成说得好，中国人马虎是因为中国有余，日本人认真是因为日本无余。中国人有余，因此随随便便；日本人无余，因此严格认真。我补充一句：身体差的人（如前者）马虎，身体好的人（如后者）认真。再多说一句：马虎的人伟大，认真的人小气。

我曾在一首诗里这样说过中日不同的生死观，颇可引人思量，引来如下：

　　身体常驻逸乐的人是中国人
　　身体常驻死身的人是日本人

　　在日本死得漂亮叫"做洁"
　　在中国死得富贵叫"扬州死"

　　且看日本的三条道路：林池道是皇帝路，幽地道是平民路，暗穴道是犯人路。（参见《平家物语》，人民文学出版社，1984，第55页）

　　今晨读书，读到如下一节："不过日本更有一种特别的情形，就是旅馆都是板屋席地，进门要先脱鞋的。出洋留学，本为维新；然而到了日本，第一先要复古。"我立刻从注释中注意到了写这段话的这个人——景梅九（1882—1961），山西运城人，无政府主义者，享有"南章（太炎）北景"之誉。此段话出自其曾风靡一时的辛亥革命回忆录《罪案》（1924年，京津印书局出版）。

我们爱吃煮老的鸡蛋，日本人爱吃生的鱼。日本人用冷水洗脸，一天仅吃一顿热饭。我们是顿顿热饭，次次热水洗脸。蒋介石一想到这事就生气，遂决定实行全民"新生活运动"。

日本有个厚生省，"厚生"典出吾国《尚书·大禹谟》，意为轻徭薄赋，使人民丰衣足食。

深冬，日本人以瀑布修行。在人间，人本来就应该体露金风而非两袖清风。

少女日本，亦有寂声、寂色、寂姿，无须寂心。

日本物哀即《源氏物语》之物哀，爱一个人亦是"知物哀"。

欠人一分钱也会引起日本人终生焦虑，至死不安。一种日本式的滴水之恩，涌泉相报？

7世纪以来，日本一直学中国，引入"忠""孝"等，但绝不接受"仁"——这一中国伦理学的最最核心。

日本人是全球头号睡觉高手，远超中国人；中国人本也是国际上顶尖级睡觉人，但与日本人一比，只能屈居亚军；为何？仅举一例：明恩溥（Arthur Smith）说，中国人可以站着睡觉；本尼迪克特（Ruth Benedict）说，日本人可以边走边睡。

洁癖者多是爱复仇的人。还用问吗，这里说的又是日本人。危险！集温柔和敏锐于一身的人。

再见日本人的矛盾处：黎明，苦行——冷水浴；晚间，享乐——热水澡。

日本人少幻觉，少思辨；最恨地震、打雷和父亲。

失业便自杀，那是日本人爱做的事。

不仅是黑人偏爱金发女人，天天想着"脱亚入欧"的日本人更是恨自己不能立刻变身为金发白人。

东风日本至，白雉越裳来。（李白）

日本裸体对于紫式部来说，有一种难以忘怀的恐怖。（参见伊恩·布鲁玛《面具下的日本人：解读日本文化的真相》，金城出版社，2010，第11页）

"粹"，是一种优雅——日本美学的精华——一种只能在妓院习染的美学。（同上，第98-99页）

同性恋是武士道或战士传统的一部分，日本最优秀的军人都是由同志之爱激励而生。美少年理想（尤其在动漫中）也是日本美学的一部分。一位美少年鉴赏行家说："女性美随着时间而成熟。但是，年轻男孩的生命只像在夏天里的一日，亦即花开的前一天。当你下次再看到他，他不过是片老叶了。一旦他变成年轻人，闻起来像外阴部的味道，一切都完了。"（同上，第146-149页）为此，我还专门在一首诗《美即真》里说过，现引来第一节：

人，请珍惜每一个十四岁半的男孩

那是他最美的时节，不会超过三周

很可能，他最惊人的美只有两天半

之后，他就开始圆融了，或凋谢了……

　　樱花短暂，盆景永恒，美少年疾飞而过。花树死去，因为它们绽开了令人惊奇的花，许多男人死去是因为他们长得太美了。（同上，第150页）

　　望着他的城堡在超现实主义的火焰中燃烧，他说出最后的极度痛苦的话："那是我们的青春时代。"这是日本最著名的美少年英雄源义经说的吗？白井权八。

　　胡适曾指出日本民族三长：爱美、好洁、轻死。

　　1898年，日本驻上海总领事为小田切万寿之助。再说两个日本人的名字：吾妻兵治、荒尾精。

　　日本元治元年（1864），有些日本人捉虱、吃虱、养虱。

天文呢？这里的天文不是天文学，也不是某个台湾女作家的名字；天文在此，是说日本后奈良天皇的第四个年号，天文年间是1532年至1555年。

在日本江户，一个妓院生活鉴赏家，必定是一个妓院礼仪狂人。

大银杏髻，细银杏髻，由兵卫髻，本多髻，系髻，日本江户时代男子发式。妈妈髻儿，日本文化年间（1804—1817）江户下层社会的男子在家梳的一种发式。

大战打响前两小时，有个日本敢死队士兵，在聚精会神地挤左脸颊上的粉刺。

苏州与日本自古互为镜像，白居易之后，日本有一种苏州之美。为何从白居易之后呢？日本平安朝的两大才女，一个通过《源氏物语》学，一个通过《枕草子》学。而白居易的诗有一种苏州的轻逸和净洁。

"用灵魂写，用生命画！这类贴一层金箔的花里胡哨的话，只是面向中学生的说教。……轻而易举的单纯，不如复杂。"（见芥川龙之介《艺术及其他》）

日本唯美主义作家都带有享乐性和恶魔性。而早稻田大学最早是个专科学校。

私小说……难道日本文学就这样私下去？

意思是骨头，声音是肌肉，形式是皮肤。（芥川龙之介的观点，见其《文艺讲座"文艺一般论"》）

"要求抒情诗也要有无产阶级思想，和命令蝴蝶必须把牛排吃掉并没有什么两样。"（同上）

人的幸福在于人能自杀，神的不幸在于神不能自杀（芥川龙之介的一个观点）。

"草双子"不是绣像本，是日本江户时代中后期流行的绘图小说。

1923年，在人来人往的火车站，向美貌少女鞠躬，会被当作是流氓行为？芥川龙之介一边想着，一边听着火车发出"tratata tratata tratata"的响声。

日军1937年占领上海后，立即对城市甚至郊区乡镇的清洁卫生提出了高要求，并将其作为第三条（共计十项要求）郑重写入"维持会"工作文件中："第三条是街道、家里、河上都要保持清洁"（参见卜正民《秩序的沦陷：抗战初期的江南五城》，商务印书馆，2015，第65页）。从这件发生在战争中的小事可见日本人爱清洁到了什么程度。

"良民"起源于朱元璋时代，后被日军用于"良民证"——这一好人身份识别证。正是这良民证，我也写来一首诗《良民证》，以示我对抗日战争记忆之一种：

进城入城要出示良民证

摆个摊摊要出示良民证

散散步也要出示良民证

良民一词起源于朱元璋

良民证来自日本的模仿

良民证发放五分钱一个

忠诚的人才会有良民证

不忠诚的人则绝对没有

镇江爸爸巷的人忠不忠？

"自治"在北洋政府时是一个时髦词，后也被日军用来成立所谓的"自治委员会"。日军在江南开展了事无巨细的"宣抚"工作，如"将以前妓女所住的地方改造成敬老院；开设人民法庭；发放树种（鼓励植树）；组织到日本观光旅游……"（同上，第70–71页）

日本文学是女性开创的。但还是有人问为什么。来听荷兰学者伊恩·布鲁玛的回答："平安时代（794—1185）的男性学者都以汉文书写（金伟教授却认为男性学者也用和汉混淆体书写），而女人则不是，因此她们成为日本本土文学的先驱。"（见其著作《面具下的日本人：解读日本文化的真相》，金城出版社，2010，第16页）

"指望别人的爱，扮演婴孩……这是了解日本人个性的关键。"（同上，第26页）

烟浓雨暗雪月细，当中一枝日本红？唉，老人大病后归家，慢慢走……日本茶筒中有"九我肩冲""江浦草茄子"，可她喜欢柿饼茶筒。

日本之绿的确堪称世界第一（罗兰·巴特的一个观点），让我一见（哪怕只从照片上一见）顿生嫉妒。

日本的仁丹胡也叫卫生胡。日本作家森鸥外，其实是一个热衷于写"卫生"的作家。谈亚洲卫生现代性，必先从日本开始谈。有关此节，我还想到了谷崎润一郎，当年他在大阪写《春琴抄》，大阪也是早期（20世纪初）向吾国输入"卫生现代性"的城市。殊不知，我还写了一首小诗《卫生现代性》：

人，终将生气随世界？

鸟，忘了笼里反自然？

黄庭坚说多虑乃禅病，

她说更乃卫生现代性。

是天津吗？也是大阪；

小扬州之后，春琴抄？

酒喝二天，日人春红；

风过三峡，旅人秋白。

蝙蝠喜欢花椒，蝙蝠喜欢烧酒，蝙蝠宜于暮晚，蝙蝠宜于寺庙。日本俳句多写蝙蝠，现仅录一首水乃家作吟咏的蝙蝠：

蝙蝠呀，

人贩子的船

靠近了岸。

读，用脊椎骨去读（纳博科夫的观点，见其《优秀读者与优秀作家》，《文学讲稿》，上海三联书店，1991，第26

页）；听，用肩胛骨去听（本尼·安徒生的观点，见其诗歌《把持面具》，《如果这是世上最后一首诗：另一个安徒生的诗集》，京不特译，金城出版社，2014）；而胡兰成在日本，以什么听？以妩媚的左肩听（见柏桦2013年6月3日写的一首诗《胡兰成在日本》）；读呢？当然又是《诗经》般朴素的朗读。

我的老同学，美国移民律师马强在日本京都旅行时，说："一队僧人在雨中走过岚山渡月桥。"这也让我想到废名在其小说《桥》之《今天下雨》里一句："雨是一件袈裟。"

在日本福冈一间大学，春红灯熟，绿槐深深，一个夜长人静的晚上，武继平教授或在怀念故国重庆——热天、大坪小学、饺子、爸爸和姐姐、妈妈和妹妹……

人活在年月之中，也活在分秒之中。她活在日本之中。

蓝天下，日本农民院子里，有一根苦瓜吊在架子上，开着黄花，好看。

日本如今何来脱亚入欧，它已被封为"荣誉北欧国家"。

他发育得真是慢呀，他已二十岁了，看上去却比一个六岁的人还脆弱。我却想到一边去了：最高的美如日本男人，可以不生长？可以美到完全没有岁月和故事。（此说借自胡兰成的观点，参见《天下事，犹未晚——胡兰成致唐君毅书八十七封》，尔雅出版社，2011，第49页）

第二次世界大战之前，日本人有一个普遍爱好：写诗。后来，写诗人和读诗人之间，还有了个卖诗人。譬如某一天，在神户，有一个汉学家叫是永骏，他就发现了一个当街卖诗人。

乡村之美就一个词可概括：静洁。中国乡村有静无洁。日本乡村得静洁双美。

日本开天辟地的事：山姥的口袋奶，金太郎的蟹壳脸。

黑山耸立在水边，这是欧洲的风景？日本的山形看上去最有古意，不高不矮，恰好。

　　一个枕头低了点，两个枕头高了点，这就是我的身体对吾国枕头的印象。在欧洲——法国、德国、瑞典——枕头又大又软，人睡下，头似乎要陷进去，这又是我对欧洲枕头的印象。唯有日本枕头不高不低，一个就够了；还是日本枕头，既不小也不大，既不硬也不软，恰到好处。完美的枕头，这是我对日本的第一印象。

　　紧接着第二印象就是乌鸦，日本乌鸦为什么与世界其他国家的乌鸦不同？到底哪一点不同？我还在想这个神秘……乌鸦，在日本是神，在新加坡像小乖乖，在巴黎会说中国话（详情见我写的一首诗《齐齐哈尔》），在罗马尼亚可以活到上百岁（赫塔·米勒的说法），在俄罗斯适合写一篇小说（蒲宁就写了一个短篇小说《乌鸦》）。在成都，有个画家何多苓，他画了一幅画，取名为：乌鸦是美丽的。

　　一条路线：经吴服桥，入神宫桥，排长队过一米五宽的街道，至表参道。

京都法然院。御殿场平和公园。

日本冰，中国火；日本生，中国熟。日本电力充沛，灯亮得猛；中国电力匮乏，灯亮得暗。

和服像什么？像囚服。一秒像什么？像世纪。

中国人粗豪，就随随便便，美其名曰：大气；日本人细腻，就斤斤计较，也美其名曰：精致。此点，我也在多处说过。

日本武士恨钱、爱穷。另，泷善三郎剖腹事，待细查。

日本山河湿热玲珑，人也玲珑。台风使日本人情感敏捷、凶猛、纤细？

日本海意味着食物。日本是个吃鱼国（渔业全球之冠）。

在日本，称嬉皮士为安哥儿。在日本，犬养，是一个日本姓氏。在日本，近代以来，即受西方影响以来，已有两代文人都在研究阴翳。

中国人和日本人到底有什么不同，矜持的正经与固执的正经不同。

爱小东西的人是因为个子小？日本诗人室生犀星就因为身材矮小而爱小生物。但也不一定，往往矮子更倾向于凶猛的大东西，譬如独尊虎与鹰。

吾国的快车（亦称"动车"）叫"和谐号"，日本的快车叫"飞燕号"（谷崎润一郎时代）。昭和时代，松本清张为了写一篇小说《脸》，还专门乘幻怪号特别快车去京都，为了看看那听得见的风景。

木喰上人（1718—1810），十四岁出家，一生雕刻佛像，只吃水和荞麦粉，连盐都不用。

凡有人处，自古以来，必有肥瘦问题，莫说飞燕、玉环，连东洋日本亦如是，且看清少纳言的肥瘦观："就是身份好的男子，在年轻的时候也是瘦的好，很是肥大的人看去像是想要睡觉似的。"（参见《枕草子》第三〇段《槟榔毛车》）

很快，在第四九段《年轻人与婴儿》开篇，她又反过来说："年轻人同婴儿是要肥胖的好。国守什么在高位的人，个子胖大的很好，太是干瘦了，想必是很要着急的性子吧。"

有一个诗人从不抽烟，也很少喝酒，却患了肺癌，为此，他一直想不通，直到死的前一天，他仍然想不通。今晨，当我读完《伊势物语》（日本平安朝文学作品，佚名著，丰子恺译，上海译文出版社，2011）最后一页，我想起了这位诗人：从前有一个男人，生了重病，自知即将死去，咏了这样一首诗：

有生必有死，此语早已闻。
命尽今明日，教人吃一惊。

一方面，永远这个词适合日本女性来说，也适合日本男性。另一方面，日本男人是男孩，活泼泼的，不知反省。一说起"永远"，我也想到金句汹涌的王尔德，他就说过：永远是一个可怕的词，也是一个毫无意义的词。

记得在2000年，我就公开提及日本人因黄皮肤颜色在西方人面前感到自卑这一事实，当时接受诗人凌越的采访，本来是谈诗歌问题的，也不知怎么谈到了日本人因肤色而来的自卑……今天乱翻书，碰巧读到一节，又印证了我过去的提及：

> 日本诗人小林爱雄1908年12月21日乘坐德国客轮前往上海……上船后，他立刻对轮船上的豪华和西洋人的风度佩服不已。在他眼中，连船上的德国服务员都显得威风凛凛。同时，他也立刻对自己身为日本人感到自卑，他感叹道："我自己在身高上并不逊色于西方人，但可悲的是，肤色无论如何也无法改变……"（以上参见小林爱雄著《中国印象记》，中华书局，2007，第4页）

有关日本人在西方人面前的自卑，我也在许多日本文学作品中读到，譬如夏目漱石的《三四郎》开篇就写来："……这些打扮得时尚而漂亮的洋人……看起来很高贵。……自己如果去了西方，生活在这些人中间，那是多么难为情啊！"（见夏

目漱石《三四郎》，北京联合出版公司，2016，第15页）

　　"日本酒也没有（中国）老酒的那种浓郁柔和且软得像细纱绢似的味道。"（同上，第120页）还用说吗？日本酒也是女性化的，轻逸之酒但也竹细节密。

　　"风云如箭，烟雾如墨"，这是个日本肺病患者的绝笔。

　　日本人喜欢单数，中国人喜欢双数。

　　在日本，父母与子女可一世，夫妇可二世，君臣可三世。（见小泉八云著：《生与死的断片：小泉八云的异想世界》，北京大学出版社，2018，第128页）

　　倭人自身有一种幽玄，当倭人舞蹈，潜质的骨、熟练的筋；皮肤的幽玄对应着舞者的心力、习力和风力；当倭人舞蹈：老人体、女体、军体……燕儿已飞出门帘；三寸黑鱼游在东方新罗的夜半；妙花风，风姿花传，艳阳天。行云回雪，非《愚秘抄》，当倭人舞蹈：烧炭之幽玄、晒盐之幽玄、渔樵之幽玄，蹴鞠之幽玄、腹语之幽玄……象泻呀，当倭人舞蹈起短痛的来世，我总是想起波浪日本、波浪物哀、波浪幽玄。

魏复古（Karl A. Wittfogel）论中国与日本颇有些意思，我整理如下（其中也有我的一些意见）：中国文明的问题出在宏大的灌溉工程，即农业纯属万众听令的水力社会（埃及、美索不达米亚、波斯、印度皆作如是观），但是日本除外，它是水利农业，灌溉是片断的、零散的。而且日本也从未像前者那样以亚细亚生活方式（包括亚细亚生产方式——这也是有关马克思论述亚洲为何落后的一个观点）昏昏沉沉地睡着。西方人认为，当然是偏见：亚细亚方式的国家政治可鄙、经济落后、道德败坏；而《枕草子》的日本呢，它已脱亚入欧，它也独少了战争的艺术。

一个特别现象，竟然从一本文学史读到：20世纪40年代至50年代，在日本"小学老师中，参加过战争又回校工作的人比较多……"（古桥信孝《日本文学史》，《前言》，南京大学出版社，2015，第2页）

井原西鹤《诸国故事》："若狭国住着一位白头比丘尼，已二百多岁……"（同上，第261页）

日本人的仁慈，我在钱稻孙翻译的《日本永代藏》一篇小说《饮茶十益一霎空》里读到，印象至深：如果人人"一生之中，一文钱也不叫丢，盗窃之辈，又何以为生呢"。我后来写《一点墨》（北方文艺出版社，2013）还特别写了这件事——令扒手遗憾的事：

梦回"武林旧事"，元夕璀灿鼎沸之后，"至夜阑则有持小灯照路拾遗者，谓之'扫街'。遗钿坠珥，往往得之。亦东都遗风也。"（见周密《武林旧事》卷二"元夕"）如今，杭州早已换了人间：岁月冷清，人类一文不丢，扒手何以为生？

而小钱比大钱更有美感，我仍在钱稻孙翻译的《日本永代藏》一篇小说《种冬青门上生银》里读到："一文之微都看作一辈子的花销……银子一枚还不如三贯钱更来得经看。"

再写一句钱稻孙的译文，来见日本的清瘦之美：露华浓，夏虫清瘦……（钱稻孙译，近松门左卫门《曾根崎鸳鸯殉情》）

"日本人和中国人之相异处为：偶尔不慎，哗啦哗啦地将金钱落散在日本地上时，失主可以复将原款不失一文地收回；但在中国，则收回的金钱，必不足原数了。"（内山完造《一个日本人的中国观》，新星出版社，2015，第37页）

"日本人所说的东洋人，是泛指日本人、朝鲜人、中国人、印度人以及其他位于亚细亚东部的国家的人民的，然而中国人所说的东洋和东洋人的意义则大异。东洋只是指日本一国，所以东洋人就是日本人。"（同上书，第57页）

"最美洁，即眼睛的烹调，为日本餐。最香，即鼻的烹调，为洋餐。最鲜，即口腹的烹调，为中国餐。"（同上书，第64页）

中日在精神上不能彻底融合的一大原因是："中国人不论是非曲直如何，都不愿诉讼的。反之，日本人则动不动便起诉

涉讼。"（同上，第77页）

日本人的生活是直线的，人心细密，因为树；中国人的生活是曲线的，马虎粗心，因为竹。在中国，竹林里有人家，树林里有坟墓。（同上，见其《木与竹》，第81页）

日本人的思考是模型的，中国人的思考是实物的；日本人是理论文章的，中国人是实际生活的；日本人是彻底的，中国人是适可而止的；日本人是条文的，中国人是自由的。（同上，第121-122页）

"和我辈日本人的一切看法观察法的根柢都以少数作为主体这样的癖性正相反，中国人却是任何时候，都以多数作为主体出发的。"（同上，第122页）

鲁迅说："日本国民性，的确很好，但最大的天惠，是未受蒙古之侵入；我们生于大陆，早营产业，遂历受游牧民族之害，历史上满是血痕，却竟支撑以至今日，其实是伟大的。但我们还要揭发自己的缺点，这是意在复兴在改善……"（出

处见内山完造《一个日本人的中国观》，新星出版社，2015，《译者附记》，第123页）

"海的彼岸——中国也产竹，但是他们的竹子粗率而野性，据说是不适合做扇骨的。"（寿岳章子《喜乐京都》，生活·读书·新知三联书店，2012，第132页）还用说吗，中国的竹笑在她眼里也是没有美感的。而日本竹子呢，竹细节密，又可做扇骨也。

南方的日本人不愿到北方去。日本人不善于纲举目张。

鱼的日本，酒的日本，花的日本，尺八的日本，武士的日本，大和的日本，色香俱散，人世无常的日本……马肉的福冈，"才子郭开贞生儿育女，在飓风中写女神的福冈"（引号内这句为日本公立福冈女子大学教授武继平博士补充）。

日本民族有崇拜外国人的基因。世界各国中，唯英国懂日本？

从古典日本到现代日本，其实就是从菊与刀的日本到豆腐与威士忌的日本。

德川比丰臣刚健，丰臣比德川闲寂。东京与京都的城市形象也可作如是观。

中国散仙多，日本规矩多。中国女性爱上海，日本女性爱东京。

"没有任何民族比日本人更急于得出结论，如此急于寻求结论的民族在世上应是少数。"（鲁迅）

中日风景有别，说的人也多得很，随手来看内藤湖南的几句话："概言之，中国景物之长，在苍茫宏豁、雄健幽渺，不在明丽秀美、细腻委婉。若设譬喻之，有如啖食甘蔗，渐值佳味，不若吾邦之景，有如尝蜜，齿牙皆甘。"（内藤湖南《禹域鸿爪》，浙江文艺出版社，2018，第182–183页）

说日本很小的人是无知的人，"这个国家其实比意大利大得多，和英国相比更是大了一半，且人口几乎比西欧四大国

（德、英、意、法）任何一个都多出一倍"（《美国的恺撒大帝：麦克阿瑟（下）》，中信出版社，2017，第118页）。

麦克阿瑟说："日本人拥有耶稣登山训众的精神。没有人能够把这一点从他们身上夺走。"（同上，第135页）

抄一句欧里庇得斯的名言："神欲使之灭亡，必先使之疯狂。"这说的就是二战时的日本呀。

中国人脚踏实地，日本人期待升天。

一句姬路俗话：姬路但马牛，兵库神户肉。

麦克阿瑟认为亚洲是他的天下。战后，他宽容了日本，但杀了两个日本将军——本间雅晴和山下奉文。

读到一首丰臣秀吉绝笔诗：似露而落，/似露而逝，/吾之生也，/若大阪之城，/梦寐不止。

"在研究日本艺术时，应该将木材作为最佳媒介。"（蒋彝《日本画记》，上海人民出版社，2018，第366页）

日本！有个吾妻（地名），不是我妻。日本有个难波，它就是大阪。古叫信浓，今叫长野。有个追分，有个佐渡岛，还有个海滩叫吹饭。

那无福相的小耳人倒是一天到晚精力充沛。中日两国人都认为吃泥鳅补身子。

在长崎，荷兰人喜欢把妓女约到自己的住所，中国人则喜欢把妓女约到市内的旅馆。（参见井原西鹤《浮世草子》，上海译文出版社，2016，第128页）

"晚霞里开牵牛花，六千两金光留地下。"（同上，第130页）

"女人，无论怎么说还是京都的好。"（同上，第361页）

难波，一步一妓馆，十步一太夫（"太夫"，日本妓院里最高等级的艺伎）；京都，五步一神社，十步一庙宇。

为了她爱上你，你可把烧成灰的蝾螈悄悄撒在她的头发上。（进一步详情见井原西鹤《浮世草子》，上海译文出版社，2016，第301页）

京都，木头与豆腐，一种香水——柚子昂贵的清新。

没有《银河铁道之夜》，何来电影《千与千寻》。

20世纪20年代日本男人仍穿普通内裤，"兜裆布是征兵体检与入伍后才被命令穿着的"（《活着回来的男人：一个普通日本兵的二战及战后生命史》，广西师范大学出版社，2017，第16页）。

无论多么狂野粗糙的文化，一旦移植到日本，就被精致化了。

有一本游记书里的确说过：日本人来后，九江落日疯狂。

日本诗人高桥睦郎（1937—　）写出了两句好诗"若要拯救诗歌／只有杀了诗人"（见其诗歌《杀死诗人——写给骆英及唐晓渡》）。

大多数日本年号都出自中国典籍，如"昭和"就出自《尚书》中的"百姓昭明，协和万邦"。

日本和中国一样，太喜欢缩略语了。"银座漫步"就缩略成"银逛"。"棒球夜场比赛"缩略成"夜棒"。

日本人天生不擅长建造宽阔街道。

日本既传统又崇洋。

"族"是一个日本常用词，工薪族、疯癫族、原宿族、御幸族、踉跄族、电气族、雷族、飙车族、暴走族、太阳族、地下族、竹笋族、银发族、元高族……

日本从古代到现代就是从阴翳变明亮。

在所有语言中，唯有日语是最崇尚新词并创造新词的。

日本是一个热天的国家，所以永井荷风说："基本上属于热带特征日本人的生活最为活泼灵变，令人心旷神怡的，而且还展示出在其他种族中难以睹窥到的特征的，当推夏日的黄昏。对此，我深信不疑。"（永井荷风《断肠亭记》，河北教育出版社，2002，第29页）

我曾说过，日本民族一直长不大。占领日本的盟军司令官麦克阿瑟元帅也说过："日本民族尚只有十二岁。""日本人是幼稚的野蛮人，头脑简单，可以改造。……就日本人的思维状态来看，还真像是零年。"（见伊恩·布鲁玛《零年：1945》，广西师范大学出版社，2015，第297页）

日本一直在寻找老师，日本这个民族可是一天都离不开老师的呀。迄今为止，日本共找到了四个老师：第一个是中国，第二个是荷兰，第三个是德国，第四个是美国。日本的第五个老师是谁？会一直是美国吗？

关于日本人的西洋老师，我多说几句：在日本，最初的"兰学"（即"荷兰研究"）是个什么情况呢？"公众对荷兰人的印象是一群番邦异兽，小解时会像狗那样抬起腿……"（伊恩·布鲁玛《创造日本：1853—1964》，四川人民出版社，2018，第11页）不过对于西方文化，日本对荷兰的感情还是最深的。虽然后来，他们又转益多师是吾师，即抛弃了"兰学"，转投德国学，在此特别举一个例子，"伊藤博文就崇拜俾斯麦，举手投足间有几分神似'铁血宰相'，包括后者手持雪茄的神态"（出处同上书，第30页）。后来，他们又崇拜英美，"二战后的首相吉田茂也会以此方式（柏按：手持雪茄的方式）表达对丘吉尔的敬意"（依然出处同上书，第30页）。当然，说一千道一万，日本人迄今为止一直拜倒在打败他们的美国人脚下。

日本对于昔日的中国老师，即后来被其打败的"东亚病夫"，内心一直也很纠结，这纠结在谷崎润一郎1922年写的一篇文章《中国趣味》里尤可见出，现引来开篇一段：

说起中国趣味，如果只是把它说成是趣味的话，似乎有些言轻了，其实它与我们的生活似有超乎想象的深切关系。今天我们这些日本人看起来差不多都已经完全接受了西欧的文化，而且被其同化了，但出乎一般人的想象，中国趣味依然顽强地植根于我们的血管深处，这一事实很令人惊讶。近来，我对此尤有深切的感受。有不少人在以前认为东方艺术已经落伍了，不将其放在眼里，心里一味地憧憬和心醉于西欧的文化文明，可到了一定的阶段时，又回复到了日本趣味，而最终又趋向于中国趣味了，这样的情形好像很普通，我自己也是这样的一个人。（谷崎润一郎《秦淮之夜》，浙江文艺出版社，2018，第103页）

也有对中国饱含复杂感情的日本人，譬如日本近现代革命家，孙中山的至交宫崎滔天（1871—1922），"在他的《三十三年之梦》中曾写到他二十二岁初渡中国，当船进入长江目接到中国大陆的风光时，不由得百感交集，不能自已，站在船头上顾望低回，不禁泪湿衣襟"（村松梢风《中国色彩》，浙江文艺出版社，2018，第195页）。

芥川龙之介在1921年东游中国时也同样对中国抱有复杂的

感情，一方面他对中国环境的脏乱差以及风景名胜的俗恶，表现出失望甚至绝望；但另一方面他又对中国的未来产生一种信心，而这信心却是受湖南长沙女校学生的排日抵抗精神刺激出来的（见野村浩一著：《近代日本的中国认识》，江苏人民出版社，2014，第75页）：

> 女学生们在教室也好，在家庭也好，绝对不使用日货。钢笔、墨水、笔记簿均不使用。……忍受着各种不便，将抵抗坚持到最后。……当芥川用自己的眼睛看到这一坚强的决心与斗志时，深受感动，差一点儿都要流出眼泪来了。后来他对我说："中国这个民族真是一个了不起的民族，现在我看到了。现在，你要记住，中国将会成为一个了不起的国家的。"（江口涣著：《我的文学半生记》，青木文库，1968，第219页）

在2014年12月，我曾写过一首诗，后来虽然删掉了，但结尾两句至今记得，不知为何，我突然谈起了日本之轻，以另一种"瘦小"的面貌：

过窄门，请放松，人，

日本从来向瘦小里耗，向瘦小里耗。

日本之美（当然还有更多，不只以上所写）就这样经年萦绕我心，一直到一个关键时刻——2015年12月6日—2016年1月16日，我读到了《芥川龙之介全集》（共五本，近四千页），我的诗潮一下倾泻而出，一口气写了六十九首短诗组成的长诗《竹笑：同芥川龙之介东游》；之前，写过十六首：《中日身体十章》《日本走马观花》《我爱上了这气味》《谣曲》《如画兰成》《京都故事》《来自日本的北方间谍》《象泻》《柳色少年时》《中日小札》《日本声音》《一期一会》《游园惊梦》《转世》《转世（二）》《孟子行文如〈诗经〉》。后来，2016年2月至2017年8月又因机缘巧合增写出了一部分，2018年再写一部分。2019年写了《永井荷风在银座》《夏目漱石论鼻毛》。到此为止共写了九十六首。

柏桦

2016年1月17日写毕

2019年8月4日再次修改

竹 笑

同芥川龙之介东游

中日身体十章

一、指甲

指甲中含有一种氧元素，叫作笑气。
啃指甲是害羞吗？留长指甲是唯美吗？

日本诗人饭田蛇笏写了一句诗：
　"患上死病的指甲呵，美丽得像只小火桶。"

二、耳

猴耳、狗耳、猫耳、马耳、象耳……
还有猪耳，中国人最爱吃的部位
以及最美的兔耳，我们也要吃。

古人曰：左耳有青蛇，右耳有赤蛇，

夸父族人的耳畔则绕着两条黄蛇。

贫穷耳、富贵耳、针刺耳，交替相传。

罗汉耳垂是肥厚的，佛耳是长大的。

看，她已度过了混乱的青春期

她一生的努力是想让她的耳朵变得美丽。

三、额

"额君临颜面之上。"无论和汉，无论中西。

四、眉

蛾眉、柳眉、黛眉、武士眉、卧蚕眉、长寿眉

"眉使最大胆的人小心，使最胆小的人勇敢。"

顺眉而来，东汉有赤眉之乱

唐朝有"婉转蛾眉能几时，须臾鹤发乱如丝"。

《枕草子》说：眉毛茂生在额上。

《源氏物语》说：眉是远远的烟。

《好色一代男》说：眉略粗为好。

上村松园说：母亲有刚剃过的娇嫩的青眉。

石川啄木说：

背着孩子，立在雪花飘飘的停车场，

那送我的、妻子的眉毛。

对故土麦香的怀念，

凝结在女子的眉上。

当我说：他有着乡愁式的眉毛。

你就说：眉毛表现人的悟性，但不表达天真。

之外，眉毛挡住了额上流下的汗水

之外，当你老了，你的眉毛也就白了。

五、眼

若不涉瞎子与独眼，人人有双眼。
但我又常怀敬畏之心听人说起——
某某开了天眼，即脑门上多出一只眼，
那意思是他能看到所有人看不见的东西。

《圣朝破邪集》（明朝版）说：
日本人有三只眼。
那意思是中国人以为日本人都独具慧眼。

六、鼻

直鼻、勾鼻、塌鼻、圆鼻、斜鼻……
罗马鼻、犹太鼻、波状鼻、狮子鼻……

Pascal 说：　"Cleopatre 的鼻子若稍微短些的话，
世界上的容貌就都要变了。"

芥川龙之介略改之为："Cleopatre的鼻子若弯曲点的话，世界的历史或许也会随之改变。"

七、颊

颊之美是短寿的；二十五岁之后，她的脸就肿胀了。

八、发

不死者其发如雪，东亚人崇拜金发。

九、膝

她的膝盖是冷的，这让人想起故乡早春的晨曦。

十、足

无论宁静的足或激烈的足都令我倾倒。

大手拓次说：

"女人是白色的软袋，那足是白色的燕子。

我热爱黄梅雨中，一闪一闪的白色赤足。"

接着，他又说：

我的足，是青色蜕下的皮壳。

我的足，是接吻细细的声音。

我的足，是飞鸟的粪。

我的足埋入你胸前，那挣扎的痛苦，是含情的疾患。

金子光晴说：

日本的脚呵，是我们的脚。

室生犀星说：

啊，降生到这世上，只要能有一足，就要感谢上帝。

2010年8月16日

日本走马观花

远在能剧之乡金泽，

他一到便产生了美的幻觉——

是因为暮晚的风

将临窗的灯光吹得明亮？

是因为一位百岁太爷

头戴面具扮演妙龄公主？

日本见观音（中国看神仙）；

在北镰仓，圆觉寺

他偏爱暗示：银杏的气味

春天是精液，秋天是屎。

他直说！出剑的方向

也是阴茎勃起的方向——

禅之于无边关系……

花花公子之于美食关系……

人之于鞠躬的关系……

怕么？人与陌生人的关系——

说话，会令你感到不安，

甚至不祥。

注释一："银杏的气味春天是精液，秋天是屎。"参见唐纳德·里奇《日本日记：1947—2004》，上海译文出版社，2011，第275页。

注释二："出剑的方向也是阴茎勃起的方向。"参见唐纳德·里奇《日本日记：1947—2004》，上海译文出版社，2011，第288页。从此页还得知："剑道家在进攻前会勃起。"

2012年3月8日

我爱上了这气味

数州消息断，愁坐正书空。

——杜甫

Everywhere men speak in whispers

I brood on the uselessness of letters

——Kenneth Rexroth

十二月，

在京都盆景般的风景里

我懂得了一个道理

我们除了通信，不该见面。

但总有什么东西一闪——远方

我爱上了这气味。

浮世绘在黄月之下

"晃动着冒起白烟的白肉"

一闪——木窗畔，日本人？！

我爱上了这气味。

"那来自耳朵量过的情感"

荷兰之后，不必

"那脸在思维中形成的阴影"

东方不败？不必

皇宫石头，寺庙石头，水磨石头

石头间的缝隙点染深青的颜色

"血的气息如尘土啊"

我爱上了这气味。

2012年10月9日

谣曲

1944年，日本细雪若春，
为何？为何梅花惊艳！
是那含羞的病人愈发谦逊，
忆起了杭州的一天？
烟雨里，你在探春
——小姑姑矍影落春澜。

剧痛，年轻；剧痛，温柔；
在名古屋，风惜残红，雨培新绿，
又是一番江南天气……

瓷器窑变，国运乱变……
光景颠倒，人命关天！
"志士无一物，欲使天下一。"
多年后，双照楼上，他说

竹篮打水，日复一日

诗的风姿也是空的风姿

2013年5月23日

如画兰成

江山如画处回首梦亦非

书势天气里逍遥八大洲

在日本，你画了中国梦：

寿梅幽兰如画

观月怀人如画

凤鸣朝阳如画

和静清寂如画

天地之始如画

天外游龙如画

人之精神如画

玉带金鱼如画

忧愁风雨如画

蛾眉乃伐性之斧

亦如画？兰成

2013年7月19日

京都故事

行走在京都的秋色里，他的胡须被细细地吹着
他的胡须啊，与其说是柔和，不如说是软弱
他就像一个默然活命的幽灵，比鬼还像鬼……
在刺客般的小提琴声里，这个瘦小多汗的人
流着酒后的英雄泪，刚读完一本共产主义小书。

1924年"要记住，这个花园是着了魔的！"
死神刚到！正俯身于一个缠了头巾的印度人
并没理会那些边抽烟边吐口水的少年。
我的梦是关于倭人身穿黑衣行走于风的舞台……
关于德国人的欢宴从黄昏开始到翌日清晨结束。

已有东西在飘落了，秋色吗？红艳艳的京都呀！
又是他，胡须软弱的人，他杀完一个人就变成

另外个一人；而恨，它的巅峰不为人，只为遗忘……

只为在京都的岁月，把这遗忘组成心的篇章。

2014年2月10日

来自日本的北方间谍

对于那些瞧不起间谍的人
我乃是掠过某桥梁的名字

——张枣《昨夜星辰》

作为派到低地国家的间谍，他的任务
是观察港口里荷兰商船的吨位、目的地
和数量……

——沃尔科特《奥麦罗斯》第二书，第十四章

那个暗淡而永恒的北方间谍，
在年年隆冬银灰色的太阳下，
因自恋住在冰雪环绕的城市
为不朽在暴风中听收音机——
将军，快签收下这份文件！

警报刚解除"敌人不在那里，

敌人在我们中间"。一九四三年

八月盛夏，我们的好运气来了

地点愈发缩小，愈发精确

格罗宁根竟涌起耶和华的黑蓝……

请把注意力集中在荷兰来客上

"我们必须拿到访客名单！"

我们必须懂得万物皆出于一理——

地理学即神秘学，军事学，

史学，谶纬学以及工程学……

《源氏物语》之后，我们究竟是谁？

亚洲坐着工作，欧洲站着工作。

难道就只为了这么一个原因，

他决定放弃日本，爱上白人

终其一生，去侦破北极光？

2014年3月8日

象泻

阅过无尽山河水陆之风光，于今象泻萦绕于方寸之间。

——松尾芭蕉《奥州小道》之《象泻》

有些事，我得在象泻才能够想起：
潭太深，是恐怖的，摸上去极冷
而瀑布也可笑，夏树妖娆并怒放……

冬天城乡之间，记得童年的一日
南边温泉热气腾腾，他幸福得胆痛
一个预言？笑的痛又是多么短暂

北边温泉风凉，最后的夏天，她的
鼻血；兵器工业部派卡车来了吗？
另一个婀娜白人，飞鸟衔发梦飞——

百年后，山中养蚕人技师范秀美

转眼来到瑞鹿寺，见明月如见古人

瞧，我也终于跨过了日本的鸟居。

2014年4月16日

柳色少年时

柳色少年时，京都瓷娃娃

后来，有人说到包夜的事……

说到鱼，无论其大小肥瘠

一年四季都带着哭相和老相

全是鱼婆婆，不是鱼姐姐。

说到哥哥，你我青梅竹马

这时代好乱，别去支那留学

饿死的苍蝇在风中被风干……

太宰治，晚年之前

你在人间失格多少次？

你从没有饿过肚子的感觉吗？

你还在向你的读者撒娇吗？

你的故乡就是你的泪痣啊

你千万莫用蚊香熏那秋天的哀蚊

你也千万莫烧蛇蛋！那好可怕

那将会缩短你母亲的寿命

我这一生到底要做什么？

我要再一次倒着长大……

2014年8月31日

中日小札

余春，我们会想到
中国人有余，因此随便
日本人无余，因此认真
而台湾湿热，瞌睡多……

晚冬，我们会忆起
火车到站，轮船抵港
都发出一种哀意的声音
那是因为旅途结束了？

初夏夜，周作人在译诗
日本的夏天是怎样的呢
犹如苦竹，竹细节密
顷刻之间，随即天明

而深秋夜，当林黛玉说

人有吉凶事，不在鸟音中；

龚自珍便成为自己的知己

舞舞舞！鱼龙光怪百千吞。

2014年10月9日

日本声音

东西无论大小，落在地毯上和地板上
是不同的，前者沉闷，后者响亮。

破晓时，木楼板轻踩上去会发出声音
墙体，偶尔也会发出啄木鸟的剥啄声

旧家具有何征兆，椅子咔嚓，响了一声
别吓着了芥川龙之介呀，他爱过苏州古柏

花甲之宴（1947）醋拌萝卜丝、鱼圆、晚霞饭
煎炒声里，恒星终于发现了汉学家青木正儿

哪来的漏水般的汩汩声？楼上的洗手池？
总不可能是深夜里松尾芭蕉写的马尿声吧……

注释一：末句见松尾芭蕉（1644—1694）写的俳句："蚤虱横行，枕畔又闻马尿声。"

2014年10月21日

一期一会

彼亦一是非，此亦一是非。果且有彼是乎哉，果且无彼是乎哉。

——庄子

真是真非安在，人间北看成南。

——黄庭坚

一瓶一钵垂垂老，万水千山得得来。

——贯休《陈情献蜀皇帝》

弥勒佛肚子大好看，蛾肚子大就不好看

马疲吃草，人疲瞌睡；老杜飘飘愧老妻

畏途者，日杀一人；父子、兄弟相以戒

童年，有肥肉，你买的，你就要吃掉它

一入冬天，我夏天的家乡就变成了异国

空气党带来说教气，年轻人带来茱萸果

小如小拇指甲的树叶呢，一定来自日本？

大还小的事：忧天下不过忧碗中一粒米

破愁绪的事：非萱草但避蒜可免伤眼睛

有诗意的事：他不在朝鲜在越南中弹死

左右为难的事：你活过今天活不过昨天

欧阳江河：枪变长了就可以成为一个党？

鹅梨闲冷，鸭梨秀整；他打哈欠为避嫌。

午荫夏槐里，那睡觉人不是你是一个阶级……

晨风秋麦天，你来看了百回也不带个闹钟？

北方悲欢老了，子弟何须烦，竹生于江庭。

同处热带，但丁的地狱不去曼谷去马尼拉。

注释一：一期一会，是日本茶道用语，"一期"表示人的一生，"一会"则意味着仅有一次相会。每一次的相会，都是绝无仅有的，人生的每个瞬间都是不能重复的。人的一生只能遇到一次唯一的人或事。此诗每一行都是一个完整的意思，即可看着一首诗；犹如标题所示：一期一会也。

注释二："飘飘愧老妻"，典出杜甫《自阆州领妻子却赴蜀山行三首》："何日干戈尽，飘飘愧老妻。"

注释三：读杜甫《自阆州领妻子却赴蜀山行三首》其一之注释，见"畏途者，日杀一人，则父子兄弟相戒"，后细查，知此句出自《庄子·外篇·达生》："夫畏途者，十杀一人，则父子兄弟相戒也……"

2015年1月5日

游园惊梦

穷老真无事；豫园冬，我们在上海围炉续炭，
宝鉴品花——"她们的什么地方最好啊？"
　"这个……我认为她们最美的地方是耳朵。"

天天小有天（道道非常道），提携日月长……
哪来七十二家房客，某人一顿吃七十二只螃蟹

很快"汉口的夏天……一篮甜杏一篮暑"……
很快长沙"在人来人往的路上执行死刑的城市"

当心，有钱人最怕霍乱，小说家只关心鼠疫；
当心，温州籀园有草鞋虫！这点我以前反复说过。

注释一：除"穷老真无事""提携日月长"为杜甫诗句外，诗中引号内的句子皆出自芥川龙之介所著《中国游记》，中华书局，2007。

2015年2月4日

转世

少年的房间总含着委屈
难道母亲的房间就焦灼
妈妈脱衣花了很长时间
海员抖擞黄金肌肉铠甲

突然，阳具若佛塔耸起
广阔夜空响起了汽笛声
为这人世所稀罕的一瞬？
绝无法毁掉的神交一瞬！

世界末日就要从此消失，
喝点红茶吗？光荣好苦——
少年日本，寒冷的一月
我呼吸停止，重新转世

说明：本诗取材，见三岛由纪夫：《午后曳航》，浙江文艺出版社，2010，第9–13页。

注释一："喝点红茶吗？光荣好苦"，见此书最后两页。

2015年7月17日

转世（二）

上午，行刑队的枪声此起彼伏……

他午餐食欲大增……

快感很怪——如日中天。

——题记

消磨这舒适时光的人

真的是我吗？下午

看报人恍惚觉得

那读者不是自己，

像是另一个人——

他死去多年的老师。

　"会见面的，一定

会见面的！在瀑布下。"

看着别人的儿子，

你会想到自己的年龄

神秘是感觉，不是确认

步出的征兆如风……

朝日浑圆，举头之前。

落日浑圆，分秒之前。

屁股浑圆，一日之前？

墓穴浑圆，它是空的！

　　注释一："会见面的，一定会见面的！在瀑布下。"见三岛由纪

夫《奔马》，上海译文出版社，2010，第39页。

2015年7月20日

孟子行文如《诗经》

在日本，各有规矩，处处有礼——
太太去购物，女儿洗衣裳，我写信。
在成都，有个闲人兼诗人又兼商人
——他叫陈礼蓉，他学过德语。

隆冬低回于青春，来信一律不复，
因为郑重？因为想想就精疲力竭。
人生实难，为你愁，也为你欢喜；
何时利见大人，何时拜师学艺？

想象彼时诸人的身世与华夏消息，
"空"来自释迦，"徒然"传去日本。
儒者大让如慢，小让如伪，孟子行文
如《诗经》！雾重庆从民国澡堂里出来。

注释一："想象彼时诸人的身世与华夏消息"，见黎华标编录，朱天文主编，《意有未尽：胡兰成书信集》，新经典图文传播有限公司，2011，第145页。

注释二："儒者大让如慢，小让如伪"，见《礼记·儒行》。

2015年8月12日

初中时代的学习与春游

凉拌莴笋丝开胃，幼学琼林下酒
老神仙回头就看见他前生的初中……

在拇指甲上写下一个重要的英语
单词receive，不是为了来背诵，
是为了考试作弊。小指甲上写什么？
年代，人名，1916年面包的价格……

1916年的春游通知单是油印的呢
相宜于渐浓春色和我的蓝色校服
看！我的麻布绑腿缠绕得好漂亮
可旅游没去富士山，改去了筑波。

注释一："在拇指甲上写下一个重要的英语单词"化脱自《芥川龙之介小说选》之《父》，人民文学出版社，1981，第31页中一句："平野更鬼。据说考试的时候，他把历史年代都写在指甲上。"

2015年12月6日

芥川龙之介在芜湖

1921年的一天，我曾在上海幻想"春雨绵绵……
如果家住芜湖，我作诗就将以它为发句"。

这不，一眨眼，我就躺在芜湖雍家花园的
槐树和柳树的夏风里，听午后汽笛声声……

江边码头，一个几近裸体的乞丐在啃西瓜皮
还有一窝小猪麋集在母猪肚子上争奶吃。
阳光照不进的石板路中间，一头公猪在撒尿……

"芜湖是个无聊之地！不仅仅是芜湖，全中国！"
从一个苦力的脸上我感到某种类似于蛇的东西
"我越来越不喜欢中国了。真想立即回到日本！"

材料来源：一、《芥川龙之介小说选》之《母》，人民文学出版

社，1981，第270–278页。二、芥川龙之介《中国游记》，中华书局，

2007，第134–140页。

2015年12月7日

两代社会主义者

最初，那年轻社会主义者与几个闲人结成小组
他们开演讲会，办小册子，发论文，真温暖呀
婚后他告别那些聚会，家庭建设更有番甜蜜

一晃十年，他过去的小论文《怀念李卜克内西》
刺激了另一个青年，这青年由于股票投机失败
又输光了双亲留下的财产，一气投入社会主义

如今，他对这青年一无所知，下班回家后在院里
逗逗小狗，弄弄花草，或坐或走，或干脆睡在
吊床上，晒着太阳，嘴里叼根古巴雪茄烟……

　　材料来源：《芥川龙之介小说选》之《一个社会主义者》，人民
文学出版社，1981，第491–493页。

2015年12月8日

侏儒的话

写小诗的人才知道尸体只需小墓穴。
写大诗的人真懂得人体应配大地球?

没良心,有神经;不信神,信神经
这是某大阪来的唯物论者的可爱处。

"鸟儿活在此刻,人活在过去和未来"
沐浴、吃粥、谈话,这说的悉达多?

一期一会,一刀一拜,一扇一舞……
朱舜水之后,日本有一种宁波之美!
可你说白居易之后日本就有了苏州之美。

而我能否再找到风的老师呀,在仙台
——大海,未完成……白鹤,待续飞……

注释一："一期一会"，详细注释见前。

注释二："一刀一拜"，日本古人雕刻佛像，刻一刀拜一拜，或刻一刀拜三拜，后引申为小心谨慎的意思。

注释三："一扇一舞"，是说来自日本的折扇之美，舞之美。

注释四：朱舜水，我在《一点墨》之《302、日本人的怀念》里说过："远的不说（如白居易之于平安朝），就说近的，日本人对两位中国浙江人永志难忘：一是明末清初的亡命客宁波余姚人朱舜水，二是常怀无名大志的民国亡命客绍兴嵊县人胡兰成。"

2015年12月9日

金泽

夏日热，秋风烈，金泽，有什么好呢？
能乐和螃蟹？那株银杏！无尽的黑喉鱼
扮演少女的百岁老头！他坐在宇宙面前

蜗牛小，悠闲小，阴天小，雨小，夜小……
还有人说金泽小京都，犹如西贡小巴黎
这兼六园和那不忍池，哪个美？哪个小？

洋灯之后，高丽之花，潜伏的古日本呀
离开金泽，芥川龙之介会想念室生犀星……
写下俳句："妻双乳下垂，形若艾草饼。"

注释一：室生犀星（1889—1962），日本诗人、小说家。本名
照道，别号鱼眠洞。生于石川县金泽市，他是芥川龙之介的好朋友。
《洋灯》《高丽之花》是芥川非常喜欢的室生犀星的诗歌。

注释二：此诗末句见《芥川龙之介全集·第5卷》，山东文艺出版社，2005，第508页。

2015年12月9日

芥川，为什么？

狗的阴囊是红的，芥川龙之介一见
反想到那是个冰凉的东西，为什么？
谁由蜡梅的香气而想起某人的黑痣？
没有人，唯有芥川龙之介，为什么？

"乌黑海带卷——恐妻症"为什么？
"兔子翻筋斗——耳痛"为什么？
"正面的牡丹——吝啬鬼"为什么？
别问我，去问芥川龙之介，为什么？

某作家（名字保密）爱长跑，力气大
临死前刚吃完一碗泥鳅面，正看着
午间电视，头一歪便死了。为什么？

注释一：引号内诗句见芥川龙之介诗歌《荡荡帖》（其二）。
《芥川龙之介全集·第3卷》，山东文艺出版社，2005，第547页。

2015年12月10日

要出事！

外婆打死了那只蜘蛛，要出事！
我读到：笑口大开放，医生露牙床。

疯子生的儿子一生没有任过性
唯一的一次，也是最后一次
——自杀——选在白天或黑夜？
而我只是个看生活的人却不愿过生活……

想想才上小学四年级，我能够
做些什么呢？今昔物语的"鼻子"
还远，"罗生门"也远。我偶写俳句：
但将落叶焚，夜见树叶神。

长大了，有一次晚上睡不着觉，
我脱口乱说："棕榈叶啊，我的神经！"

2015年12月10日

听听，想想

除非你一生真的一直不老
你才可以一直精准地发力
我的瞌睡，早已长麻吊线
力气日衰……听听，偶尔
小猫喝水轻，小狗喝水响

故事年代不详，但记得：
门前（不一定必须在东京）
一个哈欠吓我一跳的岁月
一去不复返了，而我那时
总是聚精会神，跃跃欲试……

1921年上海，我想想，为何
日本女扁平的厚肉耳不是耳，
是什么？是木耳！非苍耳！

注释一：最后一节参见芥川龙之介：《中国游记》，中华书局，2007，第43页非常有趣的一段，他认为中国女人最美的地方是耳朵：

实际上，我对于中国人的耳朵怀有不少敬意。日本女人在这方面根本比不上中国女人。日本人的耳朵扁平而且肉厚。其中有很多，与其叫它耳朵，倒更像是长在脸上的木耳……

2015年12月10日

戏作三昧

浮世绘是风俗画，戏作是小说
山药粥后，我写扬扬得意的纯金烟管

肉体暖和了，人性就复苏吗？
是的，仙人追寻苦难，只为留恋人间

穆斯林非要戴那顶白帽子吗？
是的，我们为了清洁，为了方便礼拜

文明的利器——价值测定仪！
上世纪初就判决作家和画家都留长发

一定得从1832年9月的一个上午开篇吗？
不一定，在澡堂我们也能体会到戏作三昧。

注释一："戏作三昧"，是芥川龙之介的一篇小说。"戏作"是江户时代流行的读本（相当于中国的长篇说部，以复杂的、传奇的结构见长）、洒落本、滑稽本、人情本等的总称。"三昧"为佛家语，指事物的诀要或精义。如称某人在某方面造诣很深，即"得其三昧"。

2015年12月11日

流去

东京的气味是大川的气味……

因为有大川，我爱东京，因为有东京，我爱生活。

——芥川龙之介《大川的水》

寂寞书斋为什么总是催人激进？

是因为门前悠悠水色和密密竹林……

大河恋——那是一部美国电影吗？

一部诗电影——从吾妻桥下流去……

青春的光亮呀，刑场的气氛流去……

夏日的洋槐，无人的安静的厨房

驹形、并木、藏前、代地、柳桥……

看着我儿童的样子直到中学毕业

看着十六夜与清心随初萌的银芽流去……

又好像什么都没有呢，寂寂的水声

两岸人家，昏昏灯火，德国往事——

霍夫曼斯塔尔的诗歌——在流去……

那老了的少年心在夏天颤抖着呀！

那日本的邓南遮在入梦中流去……

注释一：本诗材料来源见芥川龙之介写于1914年1月的散文《大川的水》，《芥川龙之介小说选》，人民文学出版社，1981，第482–487页。

注释二：大河恋，一部美国电影的名字，英文原文为：*A River Runs Through It*。

注释三："驹形、并木、藏前、代地、柳桥"，大川沿岸的市街地名。

注释四："十六夜与清心"是河竹默阿弥的歌舞伎脚本《十六夜清心》中的和尚和妓女，后来两人自杀。

注释五：霍夫曼斯塔尔（1874—1929），奥地利诗人。

注释六：邓南遮（1863—1938），意大利唯美主义作家。

2015年12月11日

物竞天择

《千与千寻》里有多少灯，宫崎骏想没想过？
衡水除了老白干，也出诗人，你想没想过？

俄国人很像中国人，穿的衣服鼓鼓囊囊；
他们喜欢一起喝酒唱歌——日本人同样

东蛇西蛇！昂起头来倒不像水龙头，像弯刀；
望着玻璃片似的云天，有事，也许无事

世间万物适者生存，青蛙，这好不好玩？
而好玩是危险的，而蛇吃掉青蛙。

"听说南瓜杀了人，真令我惊诧不已。"
饶舌不谈刀子，不谈新技巧派，谈契卡。

注释一：《千与千寻》为宫崎骏执导、编剧，吉卜力工作室制作的动画电影。

注释二：最后一节引号中一句见芥川龙之介《南瓜》，《芥川龙之介全集·第3卷》，山东文艺出版社，2005，第18页。

注释三："契卡"（全称为全俄肃清反革命及怠工非常委员会，简称全俄肃反委员会，契卡是俄文的缩写音译），是苏联的一个情报组织，于1917年12月20日由费利克斯·埃德蒙多维奇·捷尔任斯基创立。

2015年12月11日

芥川的两个"三发现"和一个指认

一、"2"这个阿拉伯数字像鸭子。

二、哭笑不得的动物——猴子——悲喜集于一面。

三、兔子前腿短，后胯大，一生东奔西走，一无所获。

理发店里还有三种声音也被你发现——

剪头的剪刀声，洗头的流水声，翻报纸声。

"你是什么人？是耶稣的弟子还是耶稣的老师？"

这就是犹大的模样（多年后我在你《狂想曲》里读到）

额头比乱云翻卷的天空还要黑，

眼睛比火苗还要亮，像王者一样叱咤风云……

注释一：第一节参见芥川龙之介《动物园》，《芥川龙之介全集·第3卷》，山东文艺出版社，2005，第45–50页。

注释二：最后两句见《芥川龙之介全集·第3卷》，山东文艺出版社，2005，第54页。

2015年12月11日

怕

怕，清汤燕窝，清汤鸽蛋，清汤眼球！
怕，佛法如何？水中河马——大开口！
怕，老师在教室里，那是种什么感觉？
怕，只是头几天，但她很快就适应了。

稻秀怕风，麦秀怕雨。小孩怕黑，爱伦坡怕白
在日本"可怕的东西是皂斗壳、火烧场、鸡头米、
菱角、头发很多的男人洗了头在晾干着的时候……"
"此刻，屎是白人害怕的颜色。屎代表死……"

小兔的肠子，狮子的心；她径直用圣经喂山羊。
多么复杂的爆笑呀——包括嬉笑、嘲笑、苦笑
这让我立刻想到你——一个最爱爆笑的友人
你已去世多年，但仍然令你活着的敌人害怕。

2015年12月11日

介错人

你说静下来就能听见灯芯吸油的声音
我说太湖石，水吹石，灯笼石，磨刀石……

燕子的肚皮是白的，蛇的肚皮是白的
莽汉的肚皮是白的，北海道白不白？
死人（无论黄人黑人白人）都趋于白……

"在童话时代的朦胧曙光中"，在日本
我打开切腹书就会读到这样一个画面
一个取水，一个烧水，一个等介错人来

注释一：此诗第二节谈论各种白，令我想起我2012年7月写的一首
有趣的小诗《白，为什么》，现特别录来如下，以作互文鉴赏：

看着光滑凉快的竹席一床，那孩子在想

为什么马儿大腿内侧的肉是白色的?

为什么燕子腹部的羽毛是白色的?

为什么那黑莽汉上身是白色的?

以及为什么,夏夜是白色的?

在瑞典,在Stockholm……

注释二:介错人,切腹自杀者的助手,或说得更直白些:站在切腹者身边,将其头颅砍下来的人,即帮助切腹者自杀成功的人。

2015年12月12日

捉迷藏

石枕、国槐、姥池，一株腊梅传了十六代

东京秋天的黄昏，大街小巷霓虹迷蒙……

无松树难成景色，无稻谷哪来魂命

是周易，不是神易；是工业来自农业

有个人"嫉羡水中红眼鲷鱼的爱情"

还有个人邓翔，远在成都，赞美落日

虞美人草来自虞美人血，

鸦片烟膏来自罂粟花汁。

在清朝，遍天下尸骸养黄土，

没火山，有鸦片。

日本！她的表情为何如此认真。

二十年后，她的表情为何还是如此认真？

让我们来捉迷藏——

小朋友们还在幼儿园玩丢手绢的游戏吗？

当然！快点快点捉住他，快点快点捉住他。

注释一：姥池，位于东京浅草寺内。

注释二："一株腊梅传了十六代"，参见芥川龙之介小品文《腊梅》，《芥川龙之介全集·第3卷》，山东文艺出版社，2005，第84页。

注释三："日本！她的表情为何如此认真"以及下一句，见芥川龙之介《捉迷藏》，《芥川龙之介全集·第3卷》，山东文艺出版社，2005，第104页。

2015年12月13日

东西辩证

在丝瓜架上晒棉被与在葡萄架上晒棉被有何不同？
难道晒出的味道，一定就是前者东方，后者西方？

芳草绿，松林幽，有时也可以反过来说马飞—飞马
"金风送爽板栗熟，大大小小喜上市。"还需辩证么？

无疑！能从字母看出颜色的人，也能从汉字看出颜色
从梦里看到颜色的人是神经疲劳的人？我不信无色梦！

去年秋天，我初来辩证：东红西白，谁来梦游天姥？
一挥而就是光明的对称。它单指希腊？不，也说上海。

注释一：最后一行见我2014年9月27日写的一首诗《辩证》。

2015年12月13日

114

无远弗届

在英国，有个人除了走路就是读书
在吾国，你说天下皆知美之为美也
在日本，树木如人，也有前胸后背

面子是世界性难题，岂止汉人独具
甚至格陵兰人、爱斯基摩人也会有
芥川见人首先想到的是她漂不漂亮

我为什么对于屈辱不能立刻感觉到？
那我是坏人吗？"我常想别人死了
才好。这别人中，甚至有我的亲人。"

注释一：第一节三句分别如下：第一句是英国作家兰姆说的，第二句是中国的老子说的，第三句是芥川说的。

注释二："芥川见人首先想到的是她漂不漂亮"，此句让我立刻想到王尔德所说的金句："我选择朋友的标准是美貌，选择熟人的标准是好性格，选择敌人的标准是出色的才智。"

　　注释三：末节引号中句子为芥川龙之介所说，见其小品文《我》，《芥川龙之介全集·第3卷》，山东文艺出版社，2005，第105页。

2015年12月13日

语言问题

纳博科夫一听德语就恶心

赫塔·米勒一说俄语就感冒

脱亚入欧后，日语怎么办？

不问戴季陶，难道问哈日族？

谁知道？这是语言现实吗？

"有趣的幽影和水下纹路"——

通过心理学（非精神分析学）

声音的魅力玄幻神秘地浮现

芥川！不用怕门外的咳嗽者

那中国诗人说了"诗到语言

为止"。那名字写在水上的人

很可能就是你的一个西方替身

我正在查找你说过的一句话——

"我将在最后的目击者身上死去"

注释一：戴季陶（1891—1949），生于四川广汉，中华民国和中国国民党元老，中国近代史上重要的思想家、理论家和政治人物。顺便说一句：戴季陶在当时学日语的中国人中堪称第一，他还写过《日本论》一书。

2015年12月14日

惊讶

并非只有儿子们模仿火车头的轰隆声
父亲们也渴求那轰隆隆的冲击力呀!

我四岁时, 最初的记忆是什么呢?
"灰尘, 噗噗地从天棚散落下来"

小树会因成人撒的热尿而枯死吗?
某人为生发, 边在头上抹蝙蝠血边想……

怎么, 吃幼鼠的眼睛可让人眼晶晶亮
莫法, 我的思想总与你的思想有差距。

别说黄昏, 这词太抒情了。那说什么?
当天色到黑不黑时, 卡里弗拉——菜花!

别嘲笑我，你会长不大，会被淹死的：

"我水里的大便浮起来了，大便比水还轻啊！"

注释一：诗中引号内两句话，分别见芥川龙之介《追忆》第一条《灰尘》，第二十八条《游泳》，《芥川龙之介全集·第3卷》，山东文艺出版社，2005，第140页，第150页。

注释二："卡里弗拉"是cauliflower（菜花）的音译。

2015年12月14日

日诗比药方短

1904年的日本，挂灯笼与战争有关
送牛奶的男人最易成为社会主义者
夜半走路回家总能听到神秘的声音

1969年，在重庆，同样是吃酱油饭
初冬晚餐酱油饭与初夏晚餐酱油饭
是不同的，前者充饥，后者可品鉴

回忆总在自由中么？谋划在乐趣里！
眺望有时不涉彼岸，贫困里有传奇？
舒适一欠缺商机就来，日诗比药方短。

注释一：此诗第一节本事，由读芥川龙之介《追忆》第三十四条《动员令》及第三十五条《久井田卯之助》得知；《芥川龙之介全集·第3卷》，山东文艺出版社，2005，第153页。

注释二："日诗"，日本诗的缩略语。

2015年12月15日

恶魔

恶魔变马兔狗羊猪，鸟蛇鱼虫蛋……
恶魔变律师、医生、格陵兰人……
恶魔变钢笔、打火机、玻璃珠……

"恶魔既然能变成马车车轮，
何故不变成汽车车轮？"（芥川）
夜半三更，谁邀请你去那烟花城中？

从德国医生Wierus《恶魔学》知
16世纪末，恶魔共有1745926个。
从《聊斋志异》知牛鬼蛇神有多少？

"考虑闪来如电光，茫然飞入老婆房"
河童请读着Kappa！意大利背靠背？
芥川，东京夜半！恶魔可怖，你当防卫。

注释一：本诗第一节、第二节材料来源，参见芥川龙之介随笔《肉骨茶·恶魔》，《芥川龙之介全集·第3卷》，山东文艺出版社，2005，第209页。

2015年12月15日

粪中舍利

肉骨茶间品箫，后庭花中浇烛……
粪中舍利，地狱作诗——寿陵余子

大松——大肚汉；多嘴多舌者——左兵卫次。
永井荷风呢，他到底是不是赵瓯北？

"笔头水，墨余山"不过眼前泡沫，
身后梦幻呢，他前额的头发在讨饭。

十七字里得自由？翻过来十字——
请读：侧歪形变甚，短柜盖错离。

注释一："肉骨茶"，芥川龙之介的一篇随笔。寿陵余子，芥川
龙之介的笔名。
注释二：永井荷风（1879—1959），日本作家。

注释三：赵瓯北（1727—1814），即赵翼，清代著名学者、诗人。

注释四："前额的头发在讨饭"，见《芥川龙之介全集·第3卷》，山东文艺出版社，2005，第123页。

注释五："侧歪形变甚，短柜盖错离。"这句诗也译成"矮柜走了形，盖子合不拢"。是日本俳句诗人野泽凡兆（？—1714）所写。其流传最广的俳句为："伽蓝正是落花时，落下门闩僧人去。"

2015年12月15日

在尘世

沈鱼兄：种稻摸乳，就可以了，不必抚琴。
你看那井月初秋之悲，唯有酱油味，好惨！

狗儿，狗儿，我并不怕你，我只是讨厌你。
风里的马尾袋珍奇么？流浪汉的心也清闲。

我想起2014年的夏天，我写过的几行诗：

上街，你总感觉是第一次外出，为什么？
活在人群里，我已分辨不出我，在尘世——
巴黎手风琴，罗斯手风琴，中国手风琴……

比利时你在哪儿啊？在成都玉林吗？在尘世

注释一：沈鱼（1976—　），中国当代诗人，现居广州。他在他自己写的一首诗中说，他既想要种稻摸乳，还想要弹琴演奏。

注释二：井上井月（1822—1887），日本乞丐俳人，一生厌犬。诗中所写，出自井月两首俳句："初秋心愁悲，豆酱酱油味。""送爽金风里，马尾袋珍奇。"

注释三：最后四行出自我2014年6月20日写的一首诗《在尘世》。

2015年12月16日

从洗澡说开来

谁说洗澡不难，写洗澡的文章难？
式亭三马浮世澡堂，也让我想到
社会主义重庆城澡堂午后的光景
尤其是冬天厚重温暖的棉被般门帘
真舒服呀，泡在大池里游来游去……

1966，浮云一过，沧浪之水清兮
浮云再过，杨绛就写出来了《洗澡》
我曾经写过师大学生样样都慢么？
嗯，吃酒慢，刮兔皮慢，洗澡也慢……
脖颈粗如铁棒的大乌龟爬得更慢。

人类之于地球十万年，之于某国
几千年，之于你的生命不足百年。

中学生有格言：艺术永恒人生短暂。

长大后，我们一般只说人生苦短。

2015年12月16日

养性

为何总是割胆人说保命养性
而痊愈者最快时间恢复恶习？

养性作俳句还是练字？独坐。
道虚无还是佛虚无？问基督。

入世，学祝鸡翁，仙人发财。
归隐，学郭弘农，仙人渔色。

今夜，我喝板蓝根感冒冲剂，
为我的喉咙找到清凉的感觉。
今夜，我读到一则《枕草子》
——"夜里同谁睡觉呀？
同了常陆介去睡呵，
睡着的肌肤很是细滑。"

注释一：此诗劈头一句使我想起2012年10月5日我写的一首小诗《再说胆》，顺手抄来："胆之生涯，各人各命不同；有胆小如鼠亦有胆大包天。闲客说：胆很小，感谢神。侠客说：胆很大，感谢神。酒保说：胆还在，感谢神。酒徒说：胆已割，感谢神。"

注释二：祝鸡翁，晋代洛阳人，养千只鸡而致巨富。

注释三：郭弘农，本名郭璞（276—324），东晋学者、诗人、道仙。

注释四：最后一节出自周作人译《枕草子》第七六段《常陆介》。

2015年12月16日

放屁

教授抠鼻屎，老妪小解，乃寻常事
女工黎明放屁呢，读到如此高雅的
描写，我非常敬重青木健作的才气。

中户川之后，屁才派上大用场，我
说不出口，那可是交媾的关键时刻
但她必须放屁，否则作品不能成立。

多么华丽的明月夜，因爱慕的女官
放了一个屁，藤大纳言忠家闻着臭气
顿觉人生失去了意义，遂决定出家。

材料来源：见芥川龙之介《续野人生计事》第一篇《放屁》，《芥
川龙之介全集·第3卷》，山东文艺出版社，2005，第257–258页。

2015年12月17日

再三注意帖

一

洋人为何宜穿长衫，不宜穿和服？
荷兰花瓶宜插桃花，不宜插樱花。

合肥有跃进村，马鞍山有跃进村，
日本有没有？朝鲜有，越南也有。

油浸浸的黑枕头，说得好听一点，
是经年历月；说得不好听，是脏。

二

朝鲜金鱼与日本金鱼又有何不同？
春台乃礼部之异名！今日诗人多

爱写帖？我想起你《再三注意帖》。

黄银杏，红伽蓝。长崎倒像挪威？
书虫也是纸鱼。尼泊尔老鹤草茶——
风来意志，风来春日长昼的游戏。

三

东京浅草有个澡堂叫蛇骨汤。嗯，
我开始研究你的《晚春卖文日记》：

夜半三更，你肛门痛，未能眠。
服安眠药二次剂量，梦见老虎奔跑于墙头。

虎、虎、虎——吉卜林还是布莱克？
山开始山终结"远离人世天亮早，山桔梗"。

注释一："肛门痛，未能眠。服安眠药二次剂量，梦见老虎奔跑于墙头。"出自芥川龙之介《晚春卖文日记》，《芥川龙之介全集·第3卷》，山东文艺出版社，2005，第762页。

2015年12月18日

有意思的事

桃太郎真会长命吗？鬼知道
章太炎恨他，想一箭射死他。

吃鸡蛋，到底有罪还是无罪？
奈良人和东京人，各有意见。

怕法国？你就去喜欢法朗士。
"野猪脖子硬，又到花之春"

记账，可当最好的传记材料——
五毛一撮葱，十元一杯茶，花
一元一朵，坐公交车票价两元……

这世界还有一件有意思的事：
"人到三十，只交老人和少年。"

注释一："桃太郎"，从桃子里诞生的桃太郎，在日本是一个家喻户晓的故事。

注释二：章太炎（1869—1936），思想家、史学家、国学家。

2015年12月19日

燕子从车库飞出时

燕子从车库飞出时，你见到了什么？

马上瞌睡人骑在马上，并非马上瞌睡
说话听音，你就来听我白小集的颤音

日出常熟即气贯上海，无梦不醒石
贵州布依，广州布依，东山有个梦亦非

芥川眼与耳，不关心长夜邻居为何人
芭蕉大和魂，俳谐乃当值万叶集之心

什么！猪草要嫩，猪肉要软，猪油要酽
色戒是小说，我们才说话少，行路难。

注释一："白小集"指我写的另一本书的书名。

2015年12月20日

139

骨灰画

谁"一年又一年，给猴戴猴面"？
谁肉体在西游，神经也在西游？

有个女诗人说"我把自己的一份
骨灰从远方寄给你，很轻很轻……"
可在日本，未经卫生部的允许，
擅自把骨灰撒向大海是非法的。

今天不骑马，他可要作骨灰画？
这和尚踏壁眠，这女人团蜷睡
这芥川不写鼻子，来迎钟撞香气
这芭蕉不忆老人，让胡须风吹起

　　注释一："鼻子"，芥川龙之介短篇小说的题目。

2015年12月21日

三个日本作家

一

笨拙才子国木田独步
飞天的心失调了，无法在地上走

二

浮云……
杀鱼不悲鱼之血——斋藤绿雨？

三

我没有左顾右盼《饶舌录》
我只想起早年深夜，你向我传递感觉。

注释一：国木田独步（1871—1908），日本小说家、诗人。

注释二：斋藤绿雨(1868—1904)，日本作家。"杀鱼不悲鱼之血"出自斋藤绿雨最为有名的一段话："以刀宰鸟而悲鸟之血，以刀宰鱼则不悲鱼之血，此有声者之幸福也，亦即当今所谓诗人之幸福也。"

注释三：《饶舌录》，日本作家谷崎润一郎（1886—1965）的散文随笔集。"你向我传递感觉"说的是谷崎润一郎向我传递感觉。

2015年12月22日

小儿歌

树有几条腿？
树有两条腿？
人有几条腿，
人有两条腿。

看单腿锡兵，
安徒生分身。
看白马金鱼，
吴头与楚尾。

注释一：此诗由野泽凡兆半首俳句逗出："树腿有两条"。

2015年12月22日

所以……

小说可处世，小说行教育

大道无门？碧岩录好奇谈

所以柳田国男写远野物语。

真文艺常有淘汰赛，退货！

永井荷风因急而不尽全力

无事他去数树缝间的星星……

喂！"与其指责我们的过失，

不如理解我们的热情。"

所以正宗白鸟要来论但丁。

注释一：柳田国男（1875—1962），日本民俗学家，《远野物语》为其民俗学著作。

注释二：引号内的话为拉萨尔（1825—1864，德国小资产阶级社会主义者）所说。其主要著作是《工人纲领》。

注释三：正宗白鸟（1879—1962），日本作家、评论家。

2015年12月22日

十四位日本作家

南部修太郎容貌不卑微，说话不放荡

土屋文明却狂放露胸毛，敏感易受伤

平田秃木呢，是个嗓音甜美的美男子

菊池样样好，唯独色情我不与他商量

久米正雄的"天才之心如变色龙一般"

谷崎润一郎，总有一条伟大的红领带

（他好像正在玩命地钻研佛教宇宙论）

犬养健一写作看上去像和女人交欢过

误解人的佐藤春夫身体伟岸不像诗人

饭田蛇笏与歇斯底里太太住在甲斐国

（他说过垂死病人的指甲美似小火盆）

哀笑"町人"久保田万太郎也叫伞雨

（你告诉久保田，我想看你跳麻雀舞）

为什么宇野浩二的脸唤起了我的食欲

夏目漱石说罗丹是骗子，莫泊桑是小偷

岛木赤彦不是死于神经痛，是癌症痛

对于芥川来说"理智永远是黄色炸药"

注释一：南部修太郎，日本大正时代作家、评论家。

注释二：土屋文明（1890—1990），日本诗人。

注释三：平田秃木，日本大正时代翻译家。

注释四：菊池，菊池宽（1888—1948），日本作家。

注释五：久米正雄（1891—1952），日本作家。

注释六：谷崎润一郎（1886—1965），日本作家。

注释七："他好像正在玩命地钻研佛教宇宙论"，芥川龙之介谈论谷崎润一郎。见《芥川龙之介全集·第5卷》，山东文艺出版社，2005，第161页。

注释八：犬养健（1896—1960），日本作家。

注释九：佐藤春夫（1892—1964），日本诗人、作家。

注释十：饭田蛇笏（1885—1962），日本诗人。

注释十一：久保田万太郎（1889—1963），日本作家。

注释十二："你告诉久保田，我想看你跳麻雀舞"，见《芥川龙之介全集·第5卷》，山东文艺出版社，2005，第91页。

注释十三：宇野浩二（1891—1961），日本作家。

注释十四：夏目漱石（1867—1916），日本作家。

注释十五：岛木赤彦（1876—1926），日本作家。

2015年12月23日

南充至龙门场……

南充至龙门场那段河流，

有芦苇袅袅习习……

五十年再次惊回首，

那儿1974年的嘉陵江

恍若一条日本风景

秀丽明媚，纤细曲折

老庄在国民性里，

也在一种四川俳句里，

那儿有一间棉纺厂大型宿舍……

无神，无声，无羔羊，

但有个浓睡的工人

总在午后竖起锤子！

我是谁？

我去那里做什么？

你是新约中的孤独少年耶稣

你需要学会游泳、骑自行车

你需要过完这个夏天——

比小活佛过得更久

2015年12月23日

在札幌

在札幌，借问茱萸——朱钦运
东亚人害羞的阴茎有何好说呢？
我倒觉得扶桑的黎明是非凡的
那花蚊子并不想听西川蚊子志

匕首一划没了日本！怎么可能？
疾风在弯曲小径的水泥楼之间
发出了尖嘴的，之字形呲呲声
喝汤的呲呲声，撒尿的呲呲声……

饮食起居，花好月圆，真有人
写了一本书叫"茶饭思"。好！
岂止芭蕉，常言道，人生百年
我有五十年是在厕所里度过的。

但总有一个人在灰光灯和货车

的震荡声中涌起悲哀，在札幌

注释一："东亚人害羞的阴茎有何好说呢"，典出诗人茱萸（真

名：朱钦运）《澡雪词》中一句："如同东亚人羞涩又不安分的阴茎。"

2015年12月25日

时代

秋一重又一重，新宿，当铺晴朗无华……
伙计与来客讨价还价，有种礼尚往来的修养。
"西川默默写出你的地址：小梅业平町五十。
我歪倒看了十来分钟莫泊桑的短篇小说。"

建筑学从树木和瓦当开始。如果能穿越
我只想问Ruysbroeck："时代"很难入诗，
但为何俄国会有一本书叫《时代的喧嚣》？
而安徽会有一个诗人搞不懂时代的喧嚣？

过上海厌淮南，汉文脉倭文脉，夜诗会，
怎么，东京秋天里也出来了一个南京基督？
管他呢，南京的基督伟大，就在于莫辨古今
而某个人的脸如生姜，就这样跑了两年。

注释一：引号中话，见《芥川龙之介全集·第5卷》，山东文艺出版社，2005，第11页。西川，西川英次郎，后同。

注释二：Ruysbroeck，鲁伊斯布鲁克，14世纪佛兰德斯的神秘主义者。

注释三：《时代的喧嚣》，俄罗斯诗人曼德尔斯塔姆（Osip Mandelstam，1891—1938）写的一本书。

注释四："南京的基督"是芥川的一篇小说。

2015年12月25日

中国游记

没树，1921年的长沙有什么？
"此处特产为新思想和伤寒。"
山东？ "山东几乎就是日本，
去济南如归日本。"芜湖呢？
"芜湖仍然是群猪横行吗？"

你难道在北京从未腹泻过？
我总觉得在中国吃坏了肚子。
但北京令我入迷， "与北京的
壮丽相比，上海不过蛮市而已"

当真！No ideas but in things
一些思想只供人喝酒时谈论
一些思想却供人抽烟时遐想
读卜正民的书《秩序的沦陷》

我只想在苏州留园玩一天赌博

注释一：引号中第一句话，见《芥川龙之介全集·第5卷》，山东文艺出版社，2005，第378页。引号中第二句话，同上，第382页。引号中第三句话，同上，第385页。引号中第四句话，同上，第382页。

注释二：No ideas but in things（不要思想除非在事物中）。美国诗人威廉·卡洛斯·威廉斯（William Carlos Williams，1883—1963）最著名的诗观。

注释三：卜正民（Timothy Brook）为加拿大汉学家，《秩序的沦陷》是卜正民2005年出版的一本书，2015年由商务印书馆出版中文版。该书主要讨论中国抗日战争时期江南五城（嘉定、镇江、南京、上海、崇明）的秩序维持，以及生活其间的个人心态、处境与选择，以求揭示一个复杂的战时社会。

2015年12月26日

江尻

天狗似粪鸢，粪鸢似老鹰，真非同凡响
未来派作品难圆，皆长面，这是为什么？

里尔克是西川最喜欢的作家，芥川说。
相貌是比才华更宝贵的天赋，王尔德说。

海，笑了又哭，哭了又吼，吼了又嘶……
我竟想到镰仓，人们穿花衣服和鞋游泳。

铁舟寺和尚呢，更是超凡脱俗，不知汽水。
骏州江尻还有何可看的？去问葛饰北斋。

注释一："天狗似粪鸢，粪鸢似老鹰，真非同凡响"，参见《芥川龙之介全集·第5卷》，山东文艺出版社，2005，第18页。

注释二：第二节出处，依然见上书，第26–27页。

注释三：葛饰北斋（Katsushika Hokusai，1760—1849），日本江户时代的浮世绘画家。王尔德曾说过"没有日本，不存在日本，日本是葛饰北斋创造（虚构）出来的"。

2015年12月27日

秋天

高丽生乡愁，何地又不生乡愁？
有个老太婆斜挎小包包，以内八字行走。

疝气多暴发，胃病易缠绵，秋天
烦死人！音乐会齐唱攻陷青岛之歌。

劳作后的休息比劳作更有一种美感，
我说的不仅是日本，有中国，也有美利坚。

秋天，卖水果的小贩当街炒栗子……
秋天，年迈的暹罗宝石商人落泪……

堀内利器呢，正如芥川龙之介所说，
这名字不是人，是特许专卖的挖井机械。

注释一：最后一节参见《芥川龙之介全集·第5卷》，山东文艺出版社，2005，第54页。

2015年12月27日

四季注意令

树影重重，无涉谍影重重，涉雨
在南京，最初的迎春总是中国水仙。

人不自私哪来天诛，只有痛苦
黄皮肤在冬天显得脏，冬天宜于白肤。

夏天莫感伤，向资产阶级学习稳定的情绪
人有压力才爱兴奋，有尊敬才会害怕。

那肺病人呢，没有雄心则是万幸。秋天，
越后，什么东西厉害？当然是木匠和蚊子。

注释一："越后，什么东西厉害？当然是木匠和蚊子"参见《芥
川龙之介全集·第5卷》，山东文艺出版社，2005，第90页。

2015年12月28日

镰仓

镰仓，"雨中海景凄寂，某种美女尤其多"
为此，我有了一种爱恨交集的感受……

深夜起床，听见自己喝水的声音，真好，
烟抽得凶，喉咙痛，可有人知道？

从古时佛光到今世猫眼，无人幸免
一种薪火相传：健康和不健康的人都会死，
有坏习惯和好习惯的人也会死……

喝酒与不喝酒的人当然同样死呀。契诃夫！
——"对待命运应该像对待天气一样"
日本女人食量大，哪才止一个夏目漱石夫人。

注释一：此诗劈头一句，参见《芥川龙之介全集·第5卷》，山东文艺出版社，2005，第106页。

2015年12月29日

秘密写作

近来，你还在写如粪般的小说吗？
"禁止发表，艳丽无比，可秘可秘。"

近来，你还在写风流轻逸的俳句吗？
"禁止发表，想象警拔，可秘可秘。"

正保二年春，风色转白……变成了
宽文二年春，我刚渡过了一道难关

这不，"且将白酒饮，天阴风吹门"
这不！苏门答腊，我还要去买古钱。

注释一：芥川几次三番提到自己的工作是："写如粪般的小说。"譬如可见《芥川龙之介全集·第5卷》，山东文艺出版社，2005，第288页。

注释二：引号内三句话，也是芥川所说，第一句见《芥川龙之介全集·第5卷》，山东文艺出版社，2005，第274页；第二句见第289页；第三句见第292页。

2015年12月29日

文章皆如屎臭

是日夜颠倒，我瞌睡颠倒？
是箱根古老，鸦粪亦古老？
不，是我的文章皆如屎臭！

又为报纸写如粪般的小说。
我已到了精疲力竭的地步
"世事艰难兮，我苦无涯。"

写完怪小说，我优哉游哉，
"阿弥陀佛——喂——喂"
去喝鸡蛋酒，吃中国年糕；

烧烤！我用柏树枝和松枝，
用火筷戳眼儿，以免年糕
鼓胀起来，如一个怪相。

注释一："文章皆如屎臭"见《芥川龙之介全集·第5卷》，山东文艺出版社，2005，第355页。

注释二："又为报纸写如粪般的小说"同上，第288页。

2015年12月30日

留言

兵库县工农兵家里有娇妻
我瘦如螳螂，急急如律令

风吹来"焦头烂尾花蜘蛛"
风吹散儿童胸前的痱子粉……

还是兵库吗？姬路但马牛，
兵库神户肉。我来吃一遍

大阪之春欲补上海之春么？
先一针不补，后十针难缝。

去中国前，我读到一条留言
——"书籍制作是何等繁难。"

注释一："姬路但马牛，兵库神户肉"说的是神户的牛肉其实来自但马。姬路有俗语："但马牛，神户肉。"

2015年12月31日

一个日本作家的平常生活

庭闲人不闲，写作的身体茫茫然
抽烟抽到咽喉肿，你却说是风寒

古屏风真假难说，买不买不要紧
你的脚伤须慎重，以免终成跛子

"银皿"是个什么样的文学帮派？
烦请为我介绍"金星堂"出版部

是否真的？我昨晚梦见了支那？
怪事！我面相庄严，在写艳情小说
光绪元年（1875）2月25日，雨天……

2016年1月3日

偶作两首

一

信回得迟，春雨也就来得迟
大阪，虎头风最欢迎虎头帽
大阪，盗贼爱偷大衣和外套

今年，肠胃心脏，都有问题
我决定抽个时间去温泉疗养

那是一条箭鱼！还画什么呢？
胸臆空空难下笔，画只蜻蜓吧

二

初夏日薄，晚夏日厚，眨个眼

自行车下坡不用脚蹬，一溜风——

缠头巾的人不为美，为遮住流汗
吃水不忘挖井人，瑞金出了苏维埃

欢喜的事，我从来不独自审美
而是同母亲一道站在老柿子树下
想念你那像金鱼一样的鼓脸

2016年1月4日

全家病人

这可不是查拉图斯特拉如是说
这是芥川龙之介在对我们说：

我本有神经病，妻子有脚气病
大儿患虫牙症，小儿患隔食症
老父才胃痉挛，老母又脚肿胀
家人一生多病症，写小说谈何容易

读，一不留神或心急似火燎——
我把病怀萧条读成了病怀萧何
护身符正话反说还是左右开弓？
好！世上有最奇特的朝鲜护身符

2016年1月4日

173

苦恨酒，之外

热天苦，冷天苦，棒棒苦，分娩苦，
尘世苦，日月苦，并非只有写作苦。

其中一个短篇叫肉欲是可以的，用
肉欲来做书名，那就是蠢得可恨了。

"一杯苦艾酒和一次日落之间有什么区别？"
"灌酒的结果是死，不灌酒的结果也是死。"
喝得天昏地暗的岂止王尔德，更是日本人。

之外，成都人呢，一年四季如何消磨？
万里桥畔和气茶，望江楼头宽心酒。

2016年1月4日

即想到

你露出了一种海员神情
不知芥川露出何种神情
从支那回来后我梦已绝迹

读书、写作、吸烟，照旧
我担忧的东西好像更多……
但从来不担忧我的膀胱

一日即想到那些在巴黎
吃回扣的东方经商男人
他们为何是成熟得最慢的人？

2016年1月4日

游于艺

在山梨县秋田村清光寺，每天

我在那里讲文学，写俳句，

用拇指大的茶杯吃茶……

"请您相信，我多少有点怪诞风流。"

几天后，我将要去镰仓画松树

渡边将画电线，小穴将画藤架

谁将画十一个黄柿，一间茅屋？

奈良博物馆倒可以走马观花

我的肩膀呢，怎么突然需要按摩了

晚间多好呀，你看看

有个八十二岁的老太婆为我们跳舞

注释一：渡边，渡边库辅；小穴，小穴隆一。二人皆芥川的朋友。

2016年1月4日

在轻井泽

风景与黑马很和谐。

请把南瓜包在英文报纸里。

某牧师的脸——肚脐!

以额头感觉到吊床的反感。

——芥川龙之介《在轻井泽》

一个轻井泽的晚间,夏日,黄雀长风……

在山里吃鲤鱼,读雪莱化的《浮士德》

偶听见"德国女人的婉转娇喉与

'呀——'的尖叫声,令我心动"。

我写来诗"手握大青杏,静脉高凸盈"……

我写来一个短篇,胡乱读了一些书

我产生了一种重返二十五岁时的兴奋

真是天气的关系?我还能写出点什么?

榴花映叶未全开，槐影沉沉雨势来……

我在石盆里洗手，用麻料手帕擦脸

东京热惯了，此地清凉反让人不安

可这样的天气，我会写出新的小说——

那是有关三年前的往事：芜湖的夏日，

我走在有猪的街上，突然很想念日本……

注释一：本诗题记见《芥川龙之介全集·第3卷》，山东文艺出版社，2005，第123–124页。

注释二：《风土记·黄雀风》："六月则有东南长风，俗名黄雀长风。"

注释三："德国女人的婉转娇喉与'呀——'的尖叫声，令我心动"，见《芥川龙之介全集·第5卷》，山东文艺出版社，2005，第518页。

注释四：本诗第二节参见《芥川龙之介全集·第5卷》，山东文艺出版社，2005，第516页，第519页。

注释五："榴花映叶未全开，槐影沉沉雨势来"（见司马光诗

《夏日西斋书事》）……不知何故，这两句诗倒让我想起骆宾王《在狱咏蝉》的两句：露重飞难进，风多响易沉。

2016年1月4日

温泉诗

温泉欢喜于反观我的美姿
洗温泉如饮酒能使人兴奋
这不，出浴后我写下短歌：

男根青又长，垂挂我眼前
驱走二天神，男根更好看

地震归地震，温泉归温泉
物理归物理，人体归人体
这就是我如今想到的日本

注释一：第二节见《芥川龙之介全集·第5卷》，山东文艺出版社，2005，第561页。何谓"二天神"？芥川在此首诗中开篇就为我们描绘出来了："温泉蒸汽浓，不见空中日。一老又一少，二神赤裸体。老者像商人，少者似官吏。"

2016年1月5日

破调

兔儿垂下一只耳，哪堪大暑日炎炎。
黄梅时节无晴日，总把青柴檐下积。

——芥川龙之介《破调》

神经衰弱的人害怕看有棱有角的字。
那是否说有神经的人超过有良心的人？
其实，也可说那字看起来不顺眼而已。

怎么罪行是人性的，死刑是非人性的？
怎么每个人都会杀死他害怕的事物？
其实，死无论善恶，它只是一个结束。

"挥动椅子吧！我敬爱的室生犀星！"
南京有基督也有碟子，让我们来破调！

注释一：引号中一句，见《芥川龙之介全集·第5卷》，山东文艺出版社，2005，第623页。

2016年1月5日

在鹄沼

在鹄沼没受凉却便秘
之后，大便如蛋汤……
稀软之间，我深恶之

痔疮的痛又有何滋味？
犹似钢堡上插个红旗
你不悟此节不可超度也

半梦半醒，惊出冷汗：
诸友脸面巨大，身体
如豆，穿铠甲，笑从
四面八方热烈冲过来

酷夏，布袜底敷辣子
开水烫脚，只为延年

噫！剩下一年可活了

我在哪里？要变鬼咧！

材料来源：《芥川龙之介全集·第5卷》，山东文艺出版社，2005，第625–627页。

2016年1月5日

继续病

灌肠便未通，呻吟至天明
走，如何走，脚已睡软
尾椎骨也尖凸了起来

前天下午，在巷口
偶遇的那老太婆脸上
我看到了亡母的面容

过期作废，一夜茶馊
我的短歌是不及格的吗？
"请把钱交给我派去的人"
——龙之介顿首

2016年1月5日

日本绝句

写到羊羹，就感觉那羊羹像长了毛似的。

写到狗，白狗嗅嗅，黑狗飞飞，哈巴狗咬咬。

写到风声，风声说到底其实是一种宗教声。

流连金泽，何等快活，那里有个锷甚酒楼……

他们信仰精致，装订古书，修缮园林……

真好，他们不会变得封建，他们有一门手艺

钱若水般流转，钱若善般流转，当心那送钱人！

他给了你钱就拿走了你的福报，你将失去一切。

古日本的夏天呀！风来风去，热来热去，

诗来诗去——"麦饭虫渐多，天高夏云薄。"

注释一：诗中第一句，见《芥川龙之介全集·第5卷》，山东文艺出版社，2005，第640页。

注释二：诗中第二句，即写狗那句，出自芥川龙之介短篇小说《魔笛与神犬》，《芥川龙之介全集·第1卷》，山东文艺出版社，2005，第439页。

2016年1月8日

谷崎

享乐的，妖里妖气的阴翳礼赞，谷崎
疯癫老人写下日记：艳杀神童？谷崎
嘴唇是动物的，眼睛是精神的，谷崎

日本耽美如谷崎，慢慢来，抽一支烟……
快乐生理，哪来波德莱尔式的紧迫感
法然院，一块石头为寂，一块石头为空

是的，1992年夏天，我们已记住
"手泽"即"惯熟"，油垢即光泽
"风雅即寒冷"，"风雅即污浊"……

　　注释一：谷崎，谷崎润一郎。阴翳礼赞、疯癫老人日记、艳杀、
神童，为谷崎润一郎的四本书名。
　　注释二："嘴唇是动物的，眼睛是精神的"这一"互为张力的、

颇有特色的谷崎润一郎面孔"见《芥川龙之介全集·第1卷》，《文友旧事》，山东文艺出版社，2005，第457页。

注释三：京都法然院有谷崎润一郎和松子夫人的墓地，谷崎的墓石上写一个"寂"字，松子的墓石上写一个"空"字。

注释四：最后一节最后两行参见谷崎润一郎著：《阴翳礼赞》，生活·读书·新知三联书店，1992，第11页。

2016年1月11日

东京超自然

去买药的路上，我看见黑鸟飞过东京银座某十字路口的沥青路面；午后，总有二十多片纸屑在路面中心随风打旋，其中必有一片是红纸屑！

深夜，东京电车无人也要停靠。圣尼古拉大教堂，钟不敲却自鸣响。这时，鹤屋南北在想什么呢？鬼火点点……他的护身符一丢，就有尸体从水中浮起。

没有豆奶，径直去"和尚斗鸡"菜馆，温泉看戏，酒宴解忧，一弹解千愁？夜半，银杏鬓边三只蝴蝶失踪了，我撒了一把盐……

巨眼出现！那妖婆肋巴长出来鱼鳞。有福之人不许证券商财色双收。还好，也不用忙，请坐观咒语应验后失败。请问松木兰袋是谁？芥川笔下的名医？

材料来源：芥川龙之介小说《妖婆》，《芥川龙之介全集·第1卷》，山东文艺出版社，2005，第569–598页。

注释一：鹤屋南北（1755—1829），日本歌舞伎剧本作家。

注释二："一弹解千愁"，尤瑟纳尔（Marguerite Yourcenar，1903—1987）的小说书名。

2016年1月12日

沃尔甘迪诺神父的决心

没准天主本人也会变成这个国家的土著吧。中国和印度不是也都变了吗？西洋也不能不变。我们在树林里，在浅浅的水流里，在掠过蔷薇花的微风里，在残留于寺院墙壁上的夕照里。总之我们无时不在，无处不在，你得当心。你得当心……

——芥川龙之介《诸神的微笑》

傍晚，独自神秘的日本列岛……
蔷薇花香吹来了天主的神秘
南蛮寺的庭院，鸽子正晚归……
枯山水，沙沙，都变得潮润
这个国家的风景是多么美丽
（你不马上来，光明会消失）

"主啊，我灵魂的镜子之歌
不知不觉间，回忆引来了乡愁"
那是一株毛骨悚然的樱花吧

俳句总有消息，我鬼将来顿首——

幽灵！柿本人麻吕或一个老人？

幽灵！金蛇狂舞的天照大神？

不管怎么说，天主都会取胜的。

我决心和这个国家的幽灵战斗！

注释一：沃尔甘迪诺神父（Padre Organtino，1530—1609），意大利人，葡萄牙耶稣会传教士。1570年到日本京都传教，1581年在安土建立日本最早的神学校，后移居长崎。

注释二："南蛮寺"（なんばんじ、なんばんでら），原名大道寺，位于京都，是日本最早的基督教教堂。

注释三："我鬼"，为芥川龙之介写俳句诗时用的俳号。

注释四：柿本人麻吕，日本7世纪末到8世纪初的"歌圣"，《万叶集》里有他的大量和歌。

注释五："天照大神"，被认为是日本最核心的神——太阳女神。被奉为日本皇室的祖先，被尊为神道教的主神。

注释六：结尾两句，参见芥川龙之介小说《诸神的微笑》，《芥川龙之介全集·第2卷》，山东文艺出版社，2005，第183页和第179页。

2016年1月15日

网师园里梦亦非

读柏桦《在网师园》知道：

夏日青春里，只有一点精确

在竹林中（从来没有二个梦）

那个不停弯腰的日本男游客

右臂上的鲤鱼文身在流汗……

当胸刺青的菩萨也在流汗……

秃顶上，做一个文身可遮丑？

"开什么玩笑！倒是大人您让我献丑了。"

昏灯下，嗅陈皮的气味可延年？

经年梦亦非，两个小町伏在地上哭起来。

注释一：引号中一句，见《芥川龙之介全集·第2卷》，《偶人》，山东文艺出版社，2005，第279页。

注释二："经年梦亦非"出自唐末五代诗人翁宏的诗《春残》。

注释三："两个小町伏在地上哭起来"，参见《芥川龙之介全集·第2卷》，《两个小町》，山东文艺出版社，2005，第304页。

2016年1月15日

Cat's paw
——读芥川龙之介《保吉的手记·耻辱》

Cat's paw：猫爪？猫掌风？徐徐微风？

傀儡？马前卒？被人利用的人？

备课时，我该选哪一个词义？

打住Cat's paw！一旦开始上课

我就有一种冲动，扯到一边去

——思想、道德、时事、人生观……

Cat's paw里有个压倒？有个耻辱！

总算熬到了下课，如释重负的我

心安理得地吞下正德丸、抹点万金油。

注释一：芥川龙之介《保吉的手记·耻辱》，见《芥川龙之介全集·第2卷》，山东文艺出版社，2005，第320–321页。

2016年1月16日

一份芥川的遗嘱（待考）

中学毕业后，没有考上高等学校，
我迷上了马克思和恩格斯的书。
…………

"这沙子多么冷，但你把手插进去试试，
还残留着太阳的余温。"
…………

"我的书与我的遗骸一并烧却，
倘有故人所借与书掺入其中，还望宽宥。"

是悲伤吗？嗯，感觉有点不舒服，
为何树叶总有一种旧日的愁绪？
是悲伤吗？为何一到黎明，
他的亡故就使我感到人生的无常。

材料来源：《芥川龙之介全集·第2卷》，《他》，山东文艺出版社，2005，第581–588页。

2016年1月16日

东亚小调

东亚十亿活人的命
翻来覆去每天的命
东京有几个女一枝
重庆有几个男世平
你才说景气与人生
他就说气场与人生

贾似道和忽必烈有
何关系？宫崎市定
写日出国与日暮处
《给危城的信》呢？
"有隧道！有橘子！"
燕灰蝶招引箭环蝶……

注释一：一枝，日本女人的名字，见胡兰成《今生今世》，宫崎市定的大女儿名字也叫一枝。

注释二：世平，20世纪50年代初出生的中国男人，大多爱取这个名字。

注释三：贾似道和忽必烈，前者为南宋大臣，后者为成吉思汗孙子，元朝开国皇帝。

注释四：宫崎市定（1901—1995），日本历史学家，汉学家。

注释五：《日出国与日暮处》，宫崎市定的著作。

注释六：《给危城的信》，诗人明迪翻译的美国诗人卡罗琳·佛雪（Carolyn Forché）的一首诗。

2016年2月22日

过秦淮

烟花三月，访翠天气，过秦淮

于江畔山岭，于天文渡桥……

侯方域问：会期做些什么？

柳敬亭答：大家比较技艺。

譬如四川有种耙耙菜叫下锅耙。

世间事还真有怪事，遗憾！

龟不能交，而纵牝者与蛇交也。

"哥哥高姓，哪里来？"

过秦淮，世间人不称自己为小人，

但称小仙或小闲……

升入蓝空的布呀，不是柿。

居家乐事，肥猪头烧得软烂？

1901年，有个日本人过秦淮，

他走马先行非小狮，陆八家。

吉。凡事无有不利，淮水无绝……
多年后，有个中国人过秦淮……
无穷尽包裹万物的风吕敷啊！
我只要取一匹，来包我的讲义。

注释一："侯方域问：会期做些什么？柳敬亭答：大家比较技艺"，见《桃花扇》第五出《访翠》。

注释二："龟不能交，而纵牝者与蛇交也"，见谢肇淛《五杂组》卷八。

注释三："哥哥高姓，哪里来"，见《水浒传》第七十二回，燕青访李师师时与李妈妈的对话。

注释四：很怪，当我头脑里刚跳出"世间人不称自己为小人"，立即又跳出：但称自己为小编。后又迅速修改为：但称小仙或小闲……而"小闲"又是燕青访李师师时与李妈妈对话的自称也。

注释五：第三节三、四句是说日本作家永井荷风的父亲永井禾原1901年畅游南京秦淮事。可参见大木康著作《风月秦淮——中国游里空间》，联经出版事业股份有限公司，2007，第14-15页。诗中"小狮""陆八"皆妓院之名。

注释六："吉。凡事无有不利，淮水无绝……"郭璞语，参见《晋书·王导传》。

注释七：风吕敷是日本传统上用来搬运或收纳物品的包袱布，也就是我们所说的包袱皮，日语中"风吕"的意思为"洗澡"，"风吕敷"是诞生于澡堂的产物。

2016年9月9日

东亚遐想

伏见，日本的酒啊！日本的水
当一个日本人兴奋地说：欢乐的英格兰……

凉鞋，到底因脚美丽，还是因青春和风雨……
水果店"八百文"让人飘起来，这我知道。

我还知道吾国某文体之后，年轻人
要么萨特，要么尼采；要么张腔，要么胡调……

七十九岁的尤瑟纳尔还在东京大谈死亡吗？
你不说浪迹，说迹浪，是因为苦炼？还是笔误？

注释一："伏见"，京都市伏见区。

注释二："八百文"，京都早已消失的著名水果店，有关详细介绍见寿岳章子《喜乐京都》，生活·读书·新知三联书店，2012，第26–41页。

2016年9月25日

四国

对一个英国唯物论者来说，
看风景是眼睛绝不是信仰。

来世令俄国发出木匣气味，
怕热的茨基已患上心脏病。

生不逢时的日本爱美轻死，
人人如芥川有神经无良心。

死是隋朝的我发出的巫言，
丰收压弯的梨树自由如一。

注释一："怕热的茨基"，指怕热的布罗茨基。

注释二：芥川龙之介的一句名言："我没有良心，我只有神经。"

2016年12月16日

再见，奈良

——为一次旅行而作

奈良——
七重七堂伽蓝
八重樱……

——松尾芭蕉

下午四点四十二分，挂川，
汽车休憩站升起一轮圆月。
横风注意！为什么？莫非
女导游真关心人类的肠子？

坏人也是感人的，这冬天
她准备在大阪得手，可她
得了癌症，她有两个孩子。
而更多的孩子围着她拍手。

二月堂，三月堂，四月堂……

春在堂。我一生的两小时？

纳豆精中国已被命运选定。

再见，奈良。再见，日本。

注释一：挂川，位于日本静冈县西部的一个市。

注释二：中国人信服保健药品自古使然，早已成为一个传统，
或说得更准确些：早已成为中国人的一个基因。今人吞"纳豆精"
（nattosei ex gold），犹如当年（20世纪80年代）举国人喝"太阳神"，
后又吃"脑白金"；再说得更远些，魏晋文人，几乎个个食"五石
散"。

草成于2017年1月13日奈良游后，1月15日写定

藏

冬日藏于黑，夏夜藏于白，

这只在永恒的北方？

你不安的前额藏于黎明，

在南方的一九五六年。

京都法然院藏于阴翳，

谷崎润一郎才写《阴翳礼赞》？

玉兰也不藏于玉兰，

在成都，她喂了他一口奶。

日本国，牙刷如铁？

日本人，牙齿如钢？

无尽藏——中日韩一律？

为了等着被吃，盘餐里

烧好的小鱼嘴一律张着……

入席人的脸当然一律笑着。

注释一："你不安的前额藏于黎明"，引自蒙塔莱诗作《刘海》，参见《生活之恶》，华东师范大学出版社，2017，第121页。

2017年1月18日

须磨

须磨的月是最漂亮的。

也是他们喝源氏酒的地方。

——井原西鹤《好色一代男》

恋爱没有结果，须磨，秋天日暮时

你听到《阴名》——理所当然的歌谣……

鸟居入门，日本人用透视法浮现半裸毕加索

无论东西，木匠小屋其实比裁缝小屋更遮阴

罗列是一种文体，于是《枕草子》罗列……

适合写诗的人是少数民族人。这说的不是她吧？

"西南风吹着，如今源氏在须磨，西南风吹着"……

注释一：末行出自庞德《比萨诗章》74，黄运特译。

2017年6月29日

日本琐记

一

京都旧如丰满

静冈人话好多……

我们说白得发亮

黑得发亮，黄得发亮……

任何外国人微笑

（中国韩国人除外）

日本人都会吃惊？

用鹿儿岛话吓他！

有个好地方可去

——福冈，高仓健

已埋在福冈一株树下

二

北镰仓，“这是什么树？
花的味道像精液的味道”。

我意识到我多么快乐！
想进一步认识这种快乐
可它突然一下就消失了——

夏天热呀，谁说的？
夏天的日本才是真日本。

男孩们穿鲜红的裤子……
工人们系紫色的腰带……
葛饰北斋画里没有人脸
日本人的脸去了哪里？

注释一："这是什么树？花的味道像精液的味道"，见唐纳德·里奇：《日本日记，1947—2004》，上海译文出版社，2011，第275页。

2017年7月2日

在京都苔寺想起……

你说"世界之外什么都没有，只有风"……
我说监听者全是矮子，他们爱逛书店。

研究劳动与不幸的伦理学其实是哲学呀！
什么旗鼓相当？其实也就是两败俱伤。

某男文人心狂暴，每遇写作，都如血喷——
而外省的学者沉闷，东京的学者苦闷。

离坚白，伤仲永，为何偏偏在1973年？
死去前一年是活，前一秒难道不是活？

注释一：为何说"监听者全是矮子，他们爱逛书店"？因电影
《窃听风暴》里的监听者正是这样的一个人。

注释二："离坚白，合同异"，先秦思想之一种，前者说差异

218

性，后者说同一性。但此处，我也指我认识的一个在20世纪70年代很活跃的年轻文人，他取了一个笔名，就叫离坚白。

注释三："伤仲永"，王安石写的一篇散文。此处也指离坚白这个人伤仲永，即离坚白对仲永很感伤惋惜。

2017年8月17日

中日研究

冬天日短夜长，中日一律
夏天则反之，亦中日一律
矮人找矮人是为了找安慰？
是为了相濡以沫袖珍感伤……

人到中年，戴上眼镜，他
走路就慢了；他天天喝酒，
天天庆祝生活；俯卧撑多
热血！他把蚊子当宠物养。

年轻人的肩，老人的胡须
这体力！一辈子怎么够用？
"成年人六年可算半辈子"？

资本主义每家有个小花园。

西乡隆盛维新因他睾丸大？

中学生长得像他们的老师！

2018年3月16日

日本永代藏

鼻子碍事不要紧，信子就是信父
三人结伴大笑，忘记过了高丽桥
一些女人叫木勺，一些叫干瓢
是因为她们死不了？也活不好？

求来世福，信法华宗，什么人？
非松岛的曙光，非象泻的晚霞
是一个住在大阪堺市乳守的他！
"两袋木炭三捆柴火，过完一年"

再看看日本永代藏，世间胸算用
钓鱼弓浪人手艺，小典库除夜吞泪
翻眼又元旦清晨，元禄五申岁？
西鹤在难波听到了若夷的叫卖声……

门庭烤火迎春天，导游心眼黑不黑？

她真巴不得人家死了挖个眼珠子。

注释一："三人结伴大笑，忘记过了高丽桥"，参见王向远翻译的井原西鹤所著《浮世草子》，上海译文出版社，2016，第40页。

注释二："钓鱼弓浪人手艺，小典库除夜吞泪"见钱稻孙翻译的井原西鹤所著小说《世间胸算用》，选自《好色一代女：日本文学名著丛书》，译林出版社，1994，第244页。"日本永代藏"，也是井原西鹤写的小说的书名。

注释三："若夷"，一种在元旦早晨叫卖的神符。

注释四：最后两行再次参见钱稻孙翻译的井原西鹤所著小说《世间胸算用》，选自《好色一代女：日本文学名著丛书》，译林出版社，1994，第289-290页。

2018年4月13日

在浮世

博尔赫斯用剪下的男指甲造战舰
井原西鹤用切下的女指头穿佛珠
"灵魂过了铁"，是句英文谚语？
印度满面油光吧，并非满面神光

常常，有人去奈良城买铠甲，
亚洲！渡河总艳遇，踢球有妖氛。
弃花（包括烧草）是罪过呀，
花下忘归，莫如说花天酒地忘归。

在原业平，他是潘安的重生——
在浮世，"今日托你的福了"！
古刹晚钟，还是不要理睬好啦——
在浮世，"小夏的臀部平了"。

美男子扔掉妓女送来的艳服

这吓坏了剥死人衣的老太婆

风尘虚幻，得过且过，你怕什么？

谁会真的去关心那会笑的猫儿？

注释一：　"在原业平"，日本平安朝前期美男子，歌人。

注释二：　"今日托你的福了""小夏的臀部平了"，见王向远翻译的井原西鹤所著《浮世草子》，上海译文出版社，2016，第295页。

2018年4月14日

超现实的工作

天下有多少超现实的工作？
数学火边烧，名字水上漂……
"布谷鸟是猿猴"这句话
又到底出现在哪本日记里？

蚊子命虽短，且过得今夜
人之一生漫长，翌日难待
世界好广阔，人物各不同
记住！唯除夕夜千金难换

1887年四月天，快晴健晴
复稳晴，嘉定牛痘局如何？
问福建汀州连城人宗大亮。

江阴投宿，室内四壁颓废，
可卧数春星，为何？再问

宗大亮，江南土中出黄金？

注释一："宗大亮"，即日本海军省间谍宗方小太郎（1864—1923），他不仅为自己取了这样一个中国名字，还自称自己是福建汀州连城人（有时又自称是江南人、上海人）。

2018年4月18日

一些中日名字

"老师，猪股老师，请等一等……"

——佐藤春夫《更生记》

1914年7月船头闲坐，雪堂携来
个观堂，凉味可掬，凉味袭人……
宗义，吞下生蛇胆，睁大亮眼睛。
凤鸣，过安庆，出芜湖，望南京。

日本人的名字多么富有喜感呀！
西村贱夫，领事馆外务书记官。
不破昌材，他的故事正好励志？
牛尻勇人，上乘武夫心襟玲珑。
汤吞正义之后一定是腰卷聪啊！

汪康年是个知识分子间谍吗？

文廷式作为诗人其实名不副实。

鹅羊山神秀可爱，湖南清绝地

热甚苦甚渴甚，宗方小太郎行猎

射斑鸠，喝快酒，吃脱两小时。

注释一：猪股老师的全名是猪股猪之介。

注释二：雪堂，罗振玉（1866—1940），晚清民国学者；观堂，
王国维（1877—1927），晚清民国学者。

注释三：宗义，郑宗义，我知青时代的朋友。

注释四：凤鸣，祝凤鸣，当代安徽诗人、学者。

注释五：诗中这些名字——西村贱夫，不破昌材，宗方小太
郎——皆日本人的名字。另三个日本人的名字：牛尻勇人，汤吞正
义，腰卷聪，由旅日好友武继平教授提供。

注释六：汪康年（1860—1911），晚清出版家、政论家。日本间
谍宗方小太郎（1864—1923）的朋友。

注释七：文廷式（1856—1904），晚清诗人、维新派思想家。也
是日本间谍宗方小太郎的朋友。

注释八：鹅羊山，曾名东华山，亦谓之石宝山，位于古潭州长沙县，道教七十二福地之一。

2018年4月21日

一家三口怎样过一生？

走过山岗的鱼怎么度过一生呢

——陆忆敏《沙堡》

"他日秋霜至，一样化灰土。"

——题记

舞女姐姐祇王二十一岁出家为尼
舞女妹妹祇女一十九岁出家为尼
舞女妈妈刀自四十五岁出家为尼

三个舞女舞罢人生结伴来到嵯峨
三个名字写在一处看来很可怜的
一家三口虽死有迟早，皆往生净土

注释一：祇王、祇女是一对亲姐妹舞女；她们的妈妈叫刀自，也曾经是舞女。有关这母女三人的详细故事见日本古典文学名著《平家物语》（人民文学出版社，1984）第一卷之六《祇王》。

2018年8月27日

永井荷风在银座

世上有比日本流逝得更快的国家吗？
远离父母，你感到至高无上的幸福
梅雨前后，银座漫步，西洋入眼
四处游历的虚无僧将去到哪里呢？
我不过是在散步中体会了无常而已

马克思青年还在奶吧讨论宪政吗？
那魔术人已从嘴里吐出一大群蚊子
接着又吐出八百公里长的烂绳子……
今天，上上下下必须做好避难准备
因燕子昨天离巢未归，必有变异！

吹起尺八，我二十岁的心就会得救？
读书、好色、饮酒如我，晚清之后
东京断肠人，在天涯，写墨东绮谭

那是我！三流文人永井荷风的品位——
我放荡的诗趣刺激着你们的肉心！

谁说不读简·奥斯汀就不懂紫式部？
我拉开纸门只为听豆腐店的叫卖声
东京有行刑地……东京有延命寺……
多年后我会让聂鲁达代我说出一句诗：
除了我死亡，我承认我历经沧桑。

2019年2月23日

夏目漱石论鼻毛

刚开读《我是猫》

有什么好兴头呢?

拔下来一根鼻毛

观赏起一根鼻毛

竖着粘一根鼻毛

多少彩色鼻毛啊……

红鼻毛或黑鼻毛

黄鼻毛或金鼻毛

瞧我这根白鼻毛!

2019年8月3日

附 录

铁笑：同赫塔·米勒游罗马尼亚

开篇四首

一、谢谢，赫塔·米勒

漫步，我已经生疏了
阅读，在冬天愈发有趣

是夜——
《狐狸那时已是猎人》
第三十七页——你
递来罗马尼亚三画面：

村里的农民都是先喝酒，
再到田里干活，
然后才吃早饭。

女人们给鹅填塞抹了油的玉米。

警察、牧师、市长、老师，
人人嘴里都有金牙。

谢谢，赫塔·米勒!
我爱上了你的祖国。

2011年1月22日

二、今将疯是谁?

妈妈，"肉，这个字点到了我的痛处"……
我不是我，我是罗马尼亚德国人雷奥。
我的呼吸秋千还没有翻滚，在桤木公园，
在海王星游泳馆，"燕子肉"妙不可言!

肉，邮局食堂里也有，我的妈妈讨厌它

而我，在1965年某个初夏的晚间吞下；
肥！是一种耻辱吗？肥即惩罚，即吞下。

九岁还是十岁？"你为什么还不快去死！"
我疯了，肥掉了自己，飞脱了自己，妈妈！

　　注释一：本诗第一节取材于赫塔·米勒《呼吸秋千》，江苏人民
出版社，2010，第2–6页。

2015年11月15日

三、布加勒斯特的昼夜

音乐追随波隆贝斯库，风追随风向标
人追人（杯莫停）一代又一代……
如今有个诗人早已卸下他的肩章了
但他并没有就此成为另一颗恒星

布加勒斯特之夜，那些从不打开的窗户

与世无关，栗子树白白飘来淡淡香气

生当作人杰，他一射就射到天花板上

有何稀奇，命根还挑得起半桶水来

白天，吃李子发烧，吃橘子咳嗽，

怪事，干部因身穿白衬衫而逗姑娘爱

食神面对广场上的香肠和熏火腿

一只苍蝇不知道要转弯，这多么神秘！

注释一：波隆贝斯库（1853—1883），罗马尼亚作曲家、小提琴家。

注释二："他一射就射到天花板上有何稀奇，命根还挑得起半桶水来"参见赫塔·米勒《心兽》，江苏人民出版社，2010，第101–102页。

注释三："吃李子发烧"，赫塔·米勒在其各种书中多处提及。

注释四："苍蝇不知道要转弯，这多么神秘！"见让·波德里亚《冷记忆：1980—1985》，南京大学出版社，2012，第55页。

2016年9月27日

四、赫塔说

有人喜欢睡下去，有人喜欢站起来
有人用德国香水熏倒了铁硬的误解
有人珍藏了格陵兰人寄来的明信片
"有个孩子怕死，在拼命吃李子。"

干尸或人腊，前者书面语后者口语
枯耳或枯馘，前者书面语后者口语
木棒或棓梃，前者书面语后者口语
"最矮小的男人，有最大的棍子。"

写为之生的东西，写为之死的东西
写为某人的命运来到我手掌的东西
写一个人走路什么也不想，好好看
"如果我们活着，我们就不存在。"

注释一："有个孩子怕死，在拼命吃李子"见赫塔·米勒：《心兽》，江苏人民出版社，2010，第73页。

注释二："最矮小的男人，有最大的棍子"见赫塔·米勒：《狐狸那时已是猎人》，江苏人民出版社，2010，第109页。

注释三："如果我们活着，我们就不存在"见赫塔·米勒：《独腿旅行的人》，江苏人民出版社，2010。

2018年1月21日

一

才见金钟柏，又识红石竹
天空橘灰、铁灰、钢盔！砰
一声响，天空落入吃饭盘里。

箱子，在罗马尼亚是危险词。
杏仁，在罗马尼亚是伤害词。

风，与己无关，让他者疼痛。
学校整编为波隆佩斯库机组。

吐出口水既作鞋油亦作武器；
而除夕夜的爆竹叫"犹太屁"

那男人的发型属政治学范畴。
那怕杀鸡的女人是无用之人。

二

任衣领去爱上他们的星期天，
"我哭了，鸡蛋在锅里打转"

生活我的姐妹？眼睛或耳朵？
不。生活是吃的嘴，嗅的鼻；

是农村人的东西：土豆萝卜
瘦鱼、梅子树，甚至烂扫把。

对了，还有水泥，还有瓷砖
还有拖拉机黑轮胎做的拖鞋。

人人信迷信，人人成了诗人；
人人不耐烦，为小事而寻死。

（当然对你来说死是件小事）

死人愈多时间愈快。好湿呀！
树老叶新，国王鞠躬？拜托！

三

与其看他用冷脸写信而非手
不如看椴树下那件静静雨衣

与其说墓碑上的照片是热的
不如说牧师的热屁有苦胆味

"一道趁着还凉快的命令"
终归来得及，无论冬夏清晨

样样都是铁，连睡醒后枕边
被人剪下的一撮头发也含铁

擦来擦去的奶子若抹布，猪

边拱边哭，朝闻道夕死可矣？

而人做的最后一件事：等死。

四

东边人爱诉苦，动辄便抒情；
烦！玉米塞他一嘴，使安定。

精确的细节区分精确的人生，
等级制：香烟打火机圆珠笔。

苹果树下有个避难者在发抖，
他的命运只能是他的手写体。

贫困相同各人的故事则不同？

他杀马时，马一直死盯着他；
他恨杯子老不死，就摔碎它；

始于饥饿终于奢侈，那作家
感谢人民，平衡木感谢女冠军。

五

鸡鸭鱼、牛羊鹅，哪怕罐头
你吃肉就是吃下死者的死亡

我怕，我不吃，我有犯罪感
我穿上素食主义凉鞋，天天

由琐事（整体性之敌）磨脚。
但仍会有一根舌头，它很长
它空着，它渴望吼闹、发胀

让他们硬下去，让她们变湿
歌咏比赛正进行，正进行啊！

冬天吞沥青，夏天吃土，秋
来临，女教师的大肚子平了？

六

笑话是红的吗？有一本书叫
《红笑》，与罗马尼亚无关？

可芍药是乌克兰之花，摇身
一变为苏联之花，与此同时

罗马尼亚也在变化，纵便
老朋友不习惯这大型穿堂风

生活还没有这么快就结束
流逝的背后虽只有短促的寿命。

七

棒针编织，毛线上的马拉松
在继续，可总有什么东西要
阻止我们继续。是你说的吗？

没有打断就没有继续，生命
在皮肤尽头之地随物件盛开：

柜子衣服书报毛巾台灯牙刷
一天又一天一代又一代继续！

但静止需呐喊，凝固应拆散？
那千头万绪的马拉松毛线呢？

到底是什么东西在阻止我们
继续！是岁月，岁月，岁月……

八

假如生活欺骗了你

——普希金

眼睛在眨的时候也将
欺骗我（赫塔·米勒）

黑夜总是旧的而新的
白天又很难遇见解人

但我攫住了某些偶然。
想想吧，人，在世界

呼吸不是一口，很多
行走不是一步，很多
说话不是一句，很多
吃饭不是一勺，很多

抓拿不是一把，很多

所以，会有一个指甲
它很大，大于一粒沙

九

在吾国，人们挤入澡堂，不分亲疏
罗马尼亚有何讲究？一种施瓦本浴
（家庭式）被赫塔·米勒写进小说

全家人依次进同一浴盆（不换水）：
1）母亲先给两岁儿子洗澡，完后
2）母亲从自己脖子搓下灰色面条
3）父亲从自己胸口搓下灰色面条
4）祖母从自己肩上搓下灰色面条
5）祖父从自己手肘搓下灰色面条

如今，这古老的浴盆洗法绝迹了吗

谁说的，连炉子都活着，而人死去。

十

整个东欧都要午睡，我岂能幸免
人总是够的，你死了，无人察觉

怪事多：蛇吞牛奶，女人变白头
突然，我在厨房被影子摸了奶子

晨昏，母亲在厕所呻吟，是便秘！
祖母们个个肚子下垂，表里如一；

村子像个大箱子，祖父在敲钉子
"锤击声把句子从我脸上撕走"

闪电下，井水里荡起斧头之音乐
我的小便声听起来好粗大、滑稽

十一

观"燕子在一场死刑上空孵蛋"
虱子抽动着，钻进人的热肉里

蜡烛嗅来如冰，走动的人是风……

鸟儿在猫嘴里挣扎，蜘蛛在逃
杀死的肥鸭高悬于天，刚会飞？

山羊舔墙上霉斑，鸡群追光跑
死猪冒着蒸汽，有一股玉米味

男人怒脚踢死狗，棒子砸老鼠
最恐怖的事：工作的蚂蚁无声

金龟子除了吃金子还能做什么？
热带鱼来不及感受游过了夏天。

十二

鸡血鸡心鸡肝鸡肠鸡爪很轻
冻得发紫的乳猪蹄髈很轻
冬天的罗马尼亚肚子亦很轻

而她的脸，雪与钢！硬得痛
她喝花茶上瘾，最后的花茶！

葬礼将在两小时后进行，那
苍蝇又飞来耳边听她的休息

马背上盖着薄毯，为防感冒。
当"整个国家都在下大暴雨"

当种族不同墓地的气味不同
他为避尴尬，望了一眼乌天

十三

不吃肉有何不妥呢？莫怕；
手冰凉但大腿暖和。看吧：

他在摇摆，摇摆就是舞蹈
她在转身，转身就是舞蹈
他在踩踏，踩踏就是舞蹈

守夜人亦说"人老了还会
有兴致看镜子里的裸体"。

捕风捉影看起来大不一样：

在斯图加特有个老人，边
打瞌睡，边看脱衣舞表演

看下去，看下去，看下去：

你口含黑夜，吐出了晴空

十四

年龄越大越爱站着，不愿坐着：

清晨雨后，草地有一股铁锈味
到了十点气温上升又有鱼腥味

冬天树干的下半身刷了白石灰
瞌睡纷纷，粉笔纷纷，雪纷纷

白天的回笼觉是浅蓝的，不黑
但阴茎容易着凉，得搭个毯子

肚子——圆日，这不是很好吗
甜食是男性的，兴致更是快的

想想吧，在东欧，在罗马尼亚

"不是死去的每个人都叫莉莉"

十五

有个父亲遭遇女人皮肤里的风
"有个父亲在园子里锄着夏天"
有个女儿恨罢乡村，来到城里

爱？即便只有擦伤无爱；即便
哪里黑了，就在哪里歇；即便

灯下坐了一个宽的袖子，有茶
有干净指甲，有小小半白圆圈

逝去、逝去、逝去。夏日有诗：
拂晓前，一定将老人变成鲜花

十六

在施瓦本，我穿过高高的飞廉抵达；
念兹在兹：不忘死亡的人才懂得活！

在施瓦本，人偏爱吃牛舌猪腰鸡腿
腌黄瓜核桃，疯甜杏仁，烧心李子

在施瓦本，母亲一冲动打嗝赛神仙
脾受惊，胃在吼，胆剧痛，腰酸酸
在施瓦本，父亲铁气森严，鹅肝肥

在施瓦本，狗多猫多羊多猪多牛多
而闲人甚少（闲逛是一门古老职业）
串门的妇女好麻烦，她们晴天尿多

十七

是契诃夫的万尼亚舅舅吗？1945
"或许俄语的孤独就叫万尼亚"

水彩和肉曾是那样让你私下心惊
可幸福中我还不懂得恐惧和害羞

在那架呼吸秋千里，我才十七岁
悲惨敏捷，刚配上麦得草的银光

涌起来土豆、黑杨树，乌拉尔河
——"水泥决定了我们的生活"

涌起来混杂的气味和东欧的美学！

说明：本组诗，取材于江苏人民出版社2010年出版的十本赫塔·米勒书籍。

2013年1月25日—2月12日

对话、文本和"历史想象力"

——对柏桦诗集《竹笑：同芥川龙之介东游》的诗学讨论

李商雨

套用批评家姜涛的话说，当代诗人里，柏桦是"大体量"的，这是就他的"写作整体的气象、包容性以及语言的吞噬能力"而言。①相比于20世纪80年代的写作，他的诗歌更有一种"史"的气派。柏桦的写作有个扩展过程：从"事件"到"历史"。在他早期的写作中，他强调"事件"在诗歌中的功能，并以专文谈论诗歌中的"事件"。②2016年，在为西南交大的学生作的诗歌专题讲座中，柏桦特别谈及诗歌中的事件，作为他写作的三个基本要素之一。"事件"可以使词语、句子，以

---

① 姜涛:《诗歌想象力和历史想象力》,载《读书》,2012年11月,第148页。

② 参见柏桦《谈诗歌中的事件》,《今天的激情——柏桦十年文选》,上海：上海人民出版社,2006年,第99-100页。

及语篇落到实处，而不会让诗歌沦为空洞的抒情。①对于柏桦而言，他在经过20世纪90年代到21世纪初十几年的写作中断之后，《水绘仙侣》给人的不啻劈面惊艳。这首诗以明末秦淮八艳之一的董小宛和名士冒辟疆为题材，着力写其在水绘园的生活。加上而后的《史记：1950—1976》《史记：晚清至民国》，这三部作品，相对于他早期的个人性的"往事"写作，柏桦这一时期的写作更具有"稗史"色彩。很明显，这是一种颇有抱负的"扩军"行为。

对比可知，柏桦这一时期的写作与早期的迥异之处，除了题材扩容，"史"的成分增加，他还多了克里斯蒂娃或罗兰·巴特的意义上的"文本"意识。对于克里斯蒂娃而言，"互文性"的理论起点是巴赫金的"对话理论"，而在"互文性"之后，罗兰·巴特进而发明了"文本理论"。巴特在为法国《通用大百科全书》撰写"文本理论"词条时，多次说，

---

① 这个讲座在2016年9月23日，西南交大的犀浦校区。柏桦认为，一首诗应该有三个要素：意象、事件（故事）、戏剧性。意象是诗歌的小学，是对一个诗人最基本的早期训练。戏剧性，是诗歌在时间、空间上得以打开的最理想的手段。戏剧性的说法主要来自T.S.艾略特《诗的三种声音》。

这得归功于克里斯蒂娃。①这意味着，"文本"，天然地就与"对话""互文性"有着密切联系。按照克里斯蒂娃的说法，"任何文本的建构都是引言的镶嵌组合；任何文本都是对其他文本的吸收与转化"。②她说的"引言"和"其他文本"，在文本中构成了平等的对话关系。笔者在此强调两个词，一是"平等"，一是"对话"，这对本文的讨论至关重要。

对于巴赫金而言，对话"是同意或反对关系，肯定和否定关系，问和答的关系"③，对话无处不在，而且以各种形式存在，"对话交际是语言的生命真正所在之处"④。对话具有对话性，"对话性是具有同等价值的不同意识之间相互作用的特殊形式"⑤。巴赫金通过对托尔斯泰和陀思妥耶夫斯基二人

---

① ［法］罗兰·巴特:《文本理论》,史忠义等编:《风格研究文本理论》,开封：河南大学出版社，2009 年，第 207-308 页。

② ［法］茱莉娅·克里斯蒂娃:《词语、对话和小说》,《符号学：符义分析探索集》,上海：复旦大学出版社，2015 年，第 87 页。

③ 董小英:《再登巴别塔》,北京:生活·读书·新知三联书店,1994 年,第 3 页。

④ ［苏］巴赫金:《陀思妥耶夫斯基诗学问题》,北京:生活·读书·新知三联书店，1988 年，第 252 页。

⑤ ［苏］巴赫金:《论陀思妥耶夫斯基一书的改写》,载《话语创作美学》,莫斯科，1979 年，第 309 页。转引自董小英:《再登巴别塔》,北京：生活·读书·新知三联书店，1994 年，第 7 页。

描写死亡的研究，发现托尔斯泰往往从内部，也就是人物的自我感受去描写人物，让读者去体验；但是陀思妥耶夫斯基却不这样，他通过人物从外部观察。巴赫金认为，托尔斯泰的问题在于，人都有自己的局限性，比如他无法看到自己的后脑勺，而陀思妥耶夫斯基则使用一种他者视角，从而使得产生"对话"。他坚信，"两个声音才是生命的最低条件，生存的最低条件"①，他者是必要的。

本文对柏桦诗集《竹笑：同芥川龙之介东游》的讨论，即是在对话的基础上，围绕他的诗歌的讨论，主要是他的中国经验借由日本文学这一他者视角，实现了一种被卡尔维诺称之为"轻"的写作。这种写作，一方面补充和修正了批评家陈超提出的个人化"历史想象力"的内涵和方法；一方面，也因自身话语方式的独特性，与当代诗歌普遍具有的家族相似性相比，呈现逸出状态。

---

① ［苏］巴赫金：《陀思妥耶夫斯基诗学问题》，北京：生活·读书·新知三联书店，1988年，第344页。

一

　　《竹笑：同芥川龙之介东游》是一组由九十六首诗，加
一篇与诗歌同样重要的长达一万多字的文章《轻逸日本：一种
〈枕草子〉之美》组成的诗集。[①]该诗集中大部分诗歌最初发
表于《红岩》杂志，名为"竹笑"[②]。关于"竹笑"名字的来
源，柏桦特意做了交代。芥川龙之介在《杂笔·竹子》中说：
"中国人称被风吹拂的竹子状态为'竹笑'。刮风的日子里，
我也观赏过后山野竹，心中一点也没泛起'竹笑'的美感。"
又，寿岳章子《喜乐京都》里有这样的话："海的彼岸——中
国也产竹，但是他们的竹子粗率而野性，据说是不适合做扇骨
的。"[③]这两句话颇有意思，芥川为什么感受不到中国人所说
的"竹笑"？而在寿岳的眼里，为什么中国的竹子就是"粗率
而野性"的？借由他者的眼光，柏桦建构了一个具有"史"的

　　①　该诗集全文发表于《红岩》杂志 2017 年 3 期。本文所引诗集中的
诗歌与文字，皆见于该期杂志。

　　②　"竹笑"系后来确定出版单行本时改定。特此说明。

　　③　［日］寿岳章子：《喜乐京都》，北京：生活·读书·新知三联书店，
2012，第 132 页。

视野的对话文本。这组诗的特别之处，我想指出的两点：第一，这是柏桦阅读芥川龙之介作品全集的直接结果；第二，自从1917年新诗诞生以来，从未有任何一位诗人，以这种集束炸弹似的组诗来写日本。这些集束炸弹，加上那篇精彩的《轻逸日本：一种〈枕草子〉之美》，我更愿意认为，柏桦是秘密地进行了一次核爆。

笔者有意将视野扩展到新诗发生的时期，与现代文学时期的留日作家做个简单对照。李怡在《日本体验与中国现代文学的发生》一书中，研究了曾经留学日本的一代作家。通过"考察中国作家的日本体验之于中国现代文学的关系"，他发现，"其中始终包含着一组基本的关系项：异域／本土"。这组关系项是什么意思呢？那些"来自日本的体验对中国文学有着怎样的'影响'机制呢"？李怡认为，要想找到其中的奥秘，必须摆脱传统的比较文学中影响研究的方法，"充分重视人的主体性"。通过研究，他认为，"并不是异域的日本文学自身对中国文学产生了独立的影响，而是中国人'在日本'的体验与自己的本土需要这两者之间的'关系'赋予了中国新文学新的内容与新的形式"①。李怡研究的这对关系项，其实是一对具有"异域／本土"的对话。这里的"异域"，是留日学生的日本体验，而"本土"，则是解决中国的实际问题（也即"救亡"）。

在日本的留学生，郭沫若说得好："我们在日本留学，读的是西洋书，受的是东洋气。"②这话有两层意思：第一，当时的留日学生，虽然人在日本，但是他们很多人所学主要是西洋文学，日本，仅仅作为他们"通往世界的媒介和桥梁"。以郁达夫为例，他在日本的高等学校四年里，所读的俄、德、英、法等国小说达到一千部左右。③所以，郁达夫的小说更多的是基于自然主义而发展起来的日本私小说的特征，而完全不像日本一些本土作家，如谷崎润一郎，对传统的日本美有着热烈、自觉的追求。所以，尽管当郭沫若颇为自负地说"中国文

　　① 李怡:《日本体验与中国现代文学的发生》,北京:北京大学出版社,2009年,第11-13页。
　　② 郭沫若:《三叶集·郭沫若致宗白华》,《郭沫若全集》(文学编)第15卷,北京:人民文学出版社,1990年,第140页。
　　③ 参见王锦厚:《"五四"新文学与外国文学》,成都:四川大学出版社,1996年,第83-102页。

坛大半是日本留学生建筑成的"①，然而那些日本留学归国的作家的作品，极少有日本传统文学的特征，也就不足奇怪了。第二，留日学生受东洋气，即是一种他者的视角。李怡谓之"日本体验"，这种体验刺激了中国的留日学生。这与中国当时的无论"救亡"抑或"启蒙"，都构成了对话性。

笔者希望将柏桦诗集《竹笑：同芥川龙之介东游》拓放到新诗（新文学）的传统中来考察。柏桦在写作这本书时，并没有到过日本，而他对日本文学资源的获取，是通过阅读翻译作品。因此，对柏桦而言，他的写作，正好与李怡认为的"异域／本土"反过来，成了"本土／异域"这样一组关系项。这是一种与前者呈现逆向的另一种对话。

就像本雅明将波德莱尔命名为"发达资本主义时代的抒情诗人"那样，柏桦在《左边》一书中，把自己命名为"毛泽东时代的抒情诗人"。这是说，生于1956年的柏桦，其童年—少年—青年时期，获得的是当时时代的经验。柏桦将这种经验视为现代性的一种，②这种现代性对他的写作发生了重大影响。

---

① 郭沫若：《文艺论集续集》，《桌子的跳舞》，上海光华书局，1931年9月版。

② 柏桦：《三个时代三种现代性的写作》，载《山花》，2017年9期。

但是柏桦开始写作的时候，"文革"已经结束了。他的早期写作，完全是在后"文革"时期进行的。柏桦在一次公开演讲中讨论了诗歌的现代性、民族性和语言问题，其中，便大量涉及到了他这一时期的中国经验。①他80年代的写作，其"异域"的成分，还主要是波德莱尔、狄兰·托马斯等欧美诗人，日本文学并没有进入他的阅读视野，因此，在他的诗歌中，并不存在"中国经验—文本文学"的对话。直到1992年，柏桦说，他接触到了周作人翻译的《枕草子》，情形开始改变。《枕草子》带给了他震惊，他引以为傲地称："是我让这本书风靡了全中国。"②

对柏桦而言，《枕草子》为他竖起了一面镜子，他从中得以窥见自我，并对自己的历史经验进行辨识，哪怕这种镜像是基于拉康意义上的"误识"。可以这么说，自从1992年，《枕草子》这本书，是作为一个他者而存在的。该书出自一位自带光环的女性之手。考察清少纳言写作这本书时的历史环境，会发现一个很有意思的地方，那就是她处理历史的手法。清少纳

---

① 参见柏桦：《现代汉诗的现代性、民族性和语言问题》，载《当代作家评论》，2010年5期。

② 柏桦：《缘起：日本之轻》，载《红岩》，2017年3期，第164页。

271

言生活的平安时代，相当于我国的北宋初年。她曾出仕一条天皇中宫定子，有过将近十年的宫廷生活体验。①定子是时任摄政关白的藤原道隆的长女，这是她的政治背景。藤原道隆去世后，继任关白无力抗衡其政敌藤原道长的权势，家族趋于没落。有日本学者指出："清少纳言就是在主家势力日趋衰微的厄运中，从事《枕草子》创作的。但她无意渲染惨淡的时局，反而向人展示出一个异常明朗谛观的世界。一位中等贵族的女儿，能矜持地出入宫廷社交界……尽管面临的现实有说不尽的凄苦，但她却描绘出一个美轮美奂的境界。"②考虑到清少纳言写作时，已经生活暗淡、身世凄苦，她为何没有对她的个人化的历史经验进行有认识论价值的反思呢？这一点，与《蜻蛉日记》的作者藤原道纲母完全不同。因为藤原道纲母"通过创作来全面地认识生活，观照命运"③，所以《蜻蛉日记》带

---

① 按周作人的说法，当时定子先为一条天皇"女御"，旋被册立为中宫，地位略亚于皇后。在定子任中宫时期，也是清少纳言一生最幸福的时节，这段经历成为《枕草子》的题材来源。见周作人《关于清少纳言》，《枕草子》，北京：中国对外翻译出版公司，2001年，第455页。

② ［日］市古贞次：《日本文学史概说》，长春：东北师大出版社，1987年，第64-65页。

③ ［日］市古贞次：《日本文学史概说》，长春：东北师大出版社，1987年，第62页。

有一种认识论的装置。在此意义上，藤原道纲母其实是将文学作为认识生活、认识历史的手段，历史／现实与文学之间，体现了一种主次关系，而不是平等的对话关系。不能不说，藤原道纲母的写作是充满了"历史意识"，并且有一种"历史想象力"，但这种"历史意识"和"历史想象力"，实质上是布尔迪厄称之为的"Habitus"（生存心态），笔者将在下文再论述这个问题。同样，我们也发现，清少纳言在处理历史／现实的时候，并不是将写作当成认识论的工具，她的笔下找不到理性和逻辑，也没有对她自身命运的反思。历史，对她而言，更像是一个与之对话的他者，在历史发出的声音里，清少纳言编织着自己的快乐、幸福的文本。

清少纳言处理历史的方法，确实不是认识论的，而是感受性的。也许，我们可以将这种塑造了清少纳言主体的因素追溯到白居易那里。也是因为《枕草子》这面镜子，柏桦得以决然抛开新文学以来的具有认识论色彩的启蒙传统，而于中国现当代文学中另起炉灶，别是一家。

二

在研读《竹笑：同芥川龙之介东游》的过程中，笔者向柏桦请教过这样的问题：为什么是芥川龙之介，而不是其他人？柏桦的回答是：这是一种邂逅。我以为，这种邂逅不但是一桩幸运的事件，芥川的作品成为一个艾略特所谓的"白金丝"意义的媒触，[①]同时，也是一次对话，是以芥川文学，勾连日本其他作家的作品，日本文化，来观照柏桦自己的"中国体验"。此处"中国体验"，已不仅仅是柏桦青少年时代的体验，更融合了他自20世纪80年代以来的三十多年的历史体验。可以说，是柏桦与日本文学之间的对话。艾略特曾论及过莎士比亚与蒙田、马基雅维利之间，但丁与阿奎那之间的关系，认为"莎士比亚和但丁的区别在于但丁有一套连贯的思想提下作为他的后盾"，"不过是（但丁的）幸运而已，从诗歌的角度看，这不过是个偶然事件"。因为不管是莎士比亚还是但丁，

---

①　参见T.S.艾略特：《传统与个人才能》，《艾略特诗学文集》，王恩衷编译，北京：中国文化出版公司，1989年，第5页。

那些所谓的思想，都不过仅仅作为媒介而已。①我更倾向于认为，芥川、日本其他作家，以及日本文化，除了这个媒介作用，也提供了一种他者视角，供柏桦来反观自己的历史经验。这种他者视角，相对于直接处理历史经验，显得更加轻逸：它跳出了中国现当代以来的新文学传统的话语，而且，客观上，日本文学也帮助他轻而易举地走出了在写作中遇到的写作与历史之间复杂、纠缠的伦理困境。

这等于说，柏桦是间接，而不是直接地，按照他的意愿，来处理诗歌与历史之间的麻烦。就像卡尔维诺说的，《十日谈》中，卡瓦尔坎蒂摆脱困境的方法，就是"一手按在坟墓上，施展出他那矫捷的身手，一下子跳了过去，摆脱了他们的包围"。这是因为卡瓦尔坎蒂体重很轻，他跳出包围这一举动，是庄重蕴含着轻巧，是"庄重的轻"，而非"轻佻的轻"。卡尔维诺将"卡瓦尔坎蒂从沉重大地上轻巧而突然跃起这个形象"，作为他自己走向新千年文学的一个吉祥物。②而

① ［美］T.S.艾略特：《莎士比亚和塞内加斯多葛派哲学》，《艾略特文学论文集》，南昌：百花洲文艺出版社，1994年，第162—163页。

② ［意］卡尔维诺：《美国讲稿》，南京：译林出版社，2012年，第10—12页。

柏桦的诗歌，相对于我们时代的文学——或者说，新文学以来的文学传统，他选择了轻轻一跳。我们依照卡尔维诺的方法，为柏桦画一幅画：他一手按住沉重的历史的"坟墓"，一个借力，跳出了一群想要挖苦他的"豪门子弟"的纠缠。

在"轻"与"重"之间，柏桦选择了前者。读者应该注意到，这篇长达一万多字的《轻逸日本：一种〈枕草子〉之美》，关键词即是"轻"。纵观柏桦的写作，尤其是《水绘仙侣》，"轻"，早已成为他的诗歌的关键词，正如颜炼军认为的，诗人张枣的写作，关键词是"甜"。①需要强调的是，柏桦的轻，是庄重的、深思熟虑的轻，而不是轻佻的轻，并不是忽视重，而是轻逸地处理重，如瓦莱里所说，"应该轻得像鸟，而不是像羽毛"②。

那么，如何使得写作是庄重的、深思熟虑的"轻"，而不沦为轻佻的"轻"？问题的纽结，需要我们一起来解开，将其放在当下的诗歌语境中，这个问题显得尤为突出。有论者指出："随着中国社会文化的急剧变化以及诗歌在社会文化

①　张枣：《"甜"》，《张枣随笔集》，北京：人民文学出版社，2012年，第224页。

②　参见卡尔维诺：《美国讲稿》，南京：译林出版社，2012年，第17页。

中位置的变迁，一种蓦然抵制诗歌'技术主义'，要求诗歌关注当下现实的呼声和一种'为诗辩护'、维护诗歌之'特殊性'与独立性的表述形成了。"①其实，不只在诗歌研究和批评领域，同时在写作领域也是如此，比如近些年的"打工诗歌""草根诗歌""地震诗歌""乡土诗歌"等等，也引发了诗歌与伦理关系的争议。

在以往，对诗歌独立性的强调，达到极致的时候就是"纯诗"写作。这曾是自20世纪80年代以来，中国诗人的孜孜追求。对诗歌技术、修辞自我学习，对诗歌语言的哲学观照，是一代诗人施展诗歌才华的方向。20世纪90年代以后，随着历史的转折，诗人，也包括诗歌研究者，开始转向对现实的关注，开始在诗歌中灌注历史意识，加入"历史想象力"，书写灵魂与生命体验。

这似乎是一对矛盾：前者轻，而后者重。需要区分出的是，"纯诗"的"轻"和柏桦的，或卡尔维诺的"轻"，是两码事。辨析这个需要借助于符号学。

瓦莱里在论及"纯诗"的时候，曾就散文与诗的区别举

---

① 张桃洲：《编后记》，《新世纪诗歌批评文选》，北京：中国社会科学出版社，2016年，第378页。

了一个很能说明问题的例子，这就是著名行走与舞蹈。他说，"行走如同散文，总是有一个明确的目标"，而"舞蹈则完全是另外一回事"，因为舞蹈的"目的在于自身。它不朝向任何地方"。[①]这种观念并非空穴来风，它与索绪尔的语言符号学有高度关联。雅各布森提出，语言自身有多种功能要素，当语言倾向于某个要素的时候，则突出某种功能。雅各布森在研究语言的信息功能时，发现在诗歌中，"指向信息本身和仅仅是为了获得信息的倾向，乃是语言的诗的功能"[②]。这完全是"纯诗"的表述：诗，就是语言的非指称性，或者说，诗是语言指向自身。

然而，这种唯美主义色彩的诗歌观，它如何在处理历史问题时保持足够的有效性？自古以来，这样的写作也产生过大量的优秀诗篇，但它如果不能有效地处理历史经验，它就很难具有普适性。像乐府诗中的《江南》（江南可采莲），和据传骆宾王七岁时写的《咏鹅》，都是千古名篇，这类诗歌，自身

① ［法］瓦莱里：《论诗》，《文艺杂谈》，天津：百花文艺出版社，2002年，第334-335页。

② ［俄］罗曼·雅各布森：《语言学与诗学》，赵毅衡编：《符号学文学论文集》，天津：百花文艺出版社，2004年，第180页。

有超越时空的独立性，但是更多的诗歌，是灌注了历史意识和"历史想象力"的。

我们仍然可以借助符号学来解答这个问题，只是，我们需要绕开索绪尔模式的符号学，从皮尔斯符号学的角度来研究。也许，后者能更便捷和有效地解决当代的一些难题。事实上，皮尔斯的理论，早已"成为当代符号学的理论基础，成为符号学最重要的模式"[①]。

皮尔斯的符号学原理，不同于索绪尔语言符号学的"能指—所指"二分法，他采用了三分法。皮尔斯将符号视为一个三联体："再现体（representatum）—对象（object）—解释项（interpretant）"这里，再现体相当于索绪尔的能指，对象与解释项合起来大致相当于索绪尔的所指。皮尔斯似乎多此一举，成为麻烦制造者。其实不然，因为符号的三元，"更主要是强调了符号表意展开延续的潜力"，"解释项完全依靠接受者的解释努力才能产生"。[②]这样一来，符号成为开放的体系，对于诗歌而言，相对于索绪尔模式，等于说，"对象"也

---

① 赵毅衡：《符号学》，南京：南京大学出版社，2012年，第13页。

② 赵毅衡：《符号学》，南京：南京大学出版社，2012年，第98页。

参与进来了。

这里的"对象"，也就是诗歌写作和批评中的历史和现实。反观索绪尔模式，按照雅各布森的倡议，所指——也即历史和现实，被排除在外了。这一点对于诗歌写作和批评的意义极为重大，它既使得诗歌获得了一种开放机制，也使得历史和现实真正堂而皇之进入诗歌成为可能。接下来的问题，就是符号学如何处理历史和现实的问题。

赵毅衡为我们做了论证。他认为，"艺术表意的特点是对象指称尽量少，专注于解释项；外延尽量少，才能让内涵丰富"。并以艾略特名言来说明："诗的'意义'的主要用途……可能是满足读者的一种习惯，把他的注意力引开去，使他安静，这时诗就可以对他发生作用，就像故事中的窃贼总是背着一片好肉对付看家狗。"兰色姆则说，诗在逻辑上的连贯意义的作用，就是挡路，应该跳过逻辑进行障碍赛跑。[①]

这也就是说，在皮尔斯的符号三联体中，作为再现体的诗歌语言，是尽可能地跳过对象——即诗歌中的历史和现实——

---

① 参见赵毅衡:《符号学》,南京:南京大学出版社,2012年,第306页。

直接指向解释项。诗歌中的历史和现实，并不仅仅如兰色姆说的，以逻辑的形式阻挡诗歌，更重要的是，它为诗歌写作与批评提供了一种方法：既不应该完全罔顾历史和现实，也不能纠缠于历史和现实的伦理之重，而是采用"跳"的姿态，就像卡瓦尔坎蒂那样轻轻一跳。因此，在诗歌的轻与重之间，诗歌应该选择"轻"，而不是直面"重"。

至此，笔者以为，客观上而言，柏桦以诗集《竹笑：同芥川龙之介东游》表达了他对日本古典文学和近代文学的敬意，从日本文学中的"轻"，来反观中国文学之"重"。日本文学作为一个他者视角，一面镜子，柏桦窥见了另一种"中国经验"。在中日文学之间，遂有了一种超越时空的"对话"。

日本文学向中国学习，至少从奈良时代，持续到江户时代。明治以后，在"脱亚入欧"的大潮下，文学也纷纷转向学习西方。日本在向中国文学学习的过程中，并不是一味模仿，而是将之日本化。周作人把这个中国文学日本化的过程，叫作"创造的模拟"。他说："我们平常对于日本文化，大抵先存一种意见，说他是'模仿'来的。西洋也有人说，'日本文明是支那的女儿'。这话未始无因，却不尽确当。"这是因为，日本在吸收中国文学时，"也仍旧含有一种本来的情味"。

"所以从前虽受了中国的影响，但他们是纯文学，却仍有一种特别的精神。"周作人又引了英国人Laurence Binyon的话说："世界上民族，须得有极精微的创造力和感受性，才能有日本这样造就。"①如果说日本文学是幸运的，也包含着日本文学本身的必然。柏桦也说："7世纪以来，日本一直学中国，引入'忠''孝'等，但绝不接受'仁'——这一中国伦理学的最最核心。"所以，日本人得以在文学的领域中，采用一种"轻"的态度，跳过历史和现实——也即跳过文学中的伦理学纠缠，因而，在主流的日本文学中，历史和现实从来都不是多么复杂，而伦理学也服从于"极精微的感受性"，服从于审美。这个民族因而最有机会创造出"纯文学"。

就此举一个例子。上田秋成《雨月物语》有篇小说《蛇性之淫》，这是一篇对《白娘子永镇雷峰塔》的"创造的模拟"。两篇小说的情节大致对应，只是换成了日本地名人名。如杭州，换成了纪伊国三轮崎，许宣改名大宅丰雄，白娘子改名真女儿，青青改名麻罗丫。但是，将二者拿来对比，读者发现上田秋成对中国小说进行了日本化创造。《白娘子永

---

① 周作人:《日本近三十年小说之发达》,《周作人批评文集》,珠海:珠海出版社, 1998 年, 第 296-297 页。

镇雷峰塔》要受中国读者欢迎，白娘子和许宣的夫妻情成为关键，白娘子对许宣情深意切，符合中国读者对"妻子"的阅读期待。比如，即便许宣在将法师的钵盂罩住白娘子的时候，白娘子还说："和你数载夫妻，好没一些儿人情！"念及的还是情分，没有愤怒，也没有强调情欲。而且，"在长期流传中，白娘子身上蛇的恶性被逐渐抹去，追求美好生活和美满婚姻的象征意义越来越鲜明"①。但上田秋成则将真女儿创造成一个被情欲控制的女妖。当丰雄娶亲时，真女儿则附身新娘子说话，恫吓丰雄："若是再听信他人之言，躲我远去，无论纪路群山多高，定将你的鲜血从峰顶灌到山谷。"②完全没有了白娘子的温柔敦厚，而且她也从没有把感情挂在心上，只有对男人的占有。上田秋成借真女儿这一形象，"描绘出了不知关乎善恶的爱原始的本象"③，这一点甚至可以追溯到体现了日本人集体无意识的创世神话《古事记》。自然，这样改装，也非常符合商业繁华的江户时代日本人的阅读

---

① 严绍璗:《中国文学在日本》,广州:花城出版社,1990年,第161页。

② ［日］上田秋成:《蛇性之淫》,《雨月物语》,北京:人民文学出版社,1990年，第75页。

③ 严绍璗:《中国文学在日本》,广州:花城出版社,1990年,第161页。

期待。

无论是江户日本，还是奈良日本、平安日本、五山日本，他们在学习中国文学的过程中，这个"创造的模拟"，就是日本化的过程，是借由自身的精微的创造力和感受性。他们把中国文学当成一种平等的对话对象，虽是学习，却不忘记用自身的感受力去创造。这种创造，也体现在本文论及的《枕草子》中，清少纳言同样对以白居易为代表的汉文学加以选择性吸收，并对之进行创造，如摒弃《白氏长庆集》中的讽喻诗，而接受其闲适诗。

三

相比日本人成功地学习中国文学（包括日本人在明治以后学习西洋文学），19世纪末20世纪初的留日学生则没有那么幸运。正如郭沫若在1935年时说的："从日本流到中国的资本主义以来的文化，结果没有十分的表现，似乎是失败了。"① 其中的原因，未必不是留学日本的作家仅把日本当作通往世界文

———————

　　①　郭沫若:《中日文化之交流》,载 1935 年 10 月 28 日《国闻周报》第 12 卷 42 期。

学的桥梁去学习西方文学，而不是学习日本的文学。比如，在翻译方面，"起了拓荒者的作用"①的鲁迅、周作人《域外小说集》，全是西洋小说，并无一篇日本小说。至于"鲁迅所写的表明他早年文学观的著名论文《摩罗诗力说》，其材料，几乎全部来源于日本人的著译"。其中涉及日本人的著作的，也是日本人对西方的研究。如木村鹰太郎之《拜伦——文艺界之大魔王》。②

当然，明治时代的日本，也是大面积学习西方文学。坪内逍遥的《小说神髓》可谓始作俑者。它"最早提出了'真'为唯一的文学理念，与封建主义的文学理念'善'（封建主义的文学功利观）相对抗，为日本文学的近代化开辟了道路"。③日本文学的近代化过程，就是西化的过程，关键点在于这里的"真"，这是一种包含有认识论的具有启蒙色彩的文学，这也是西方国家近代文学中的主要特点。它的最要紧

<hr>

① 戈宝权:《〈域外小说集〉的历史价值》,转引自王锦厚《"五四"新文学与外国文学》,成都：四川大学出版社，1996年，第96页。

② 王锦厚:《"五四"新文学与外国文学》,成都：四川大学出版社，1996年，第101页。

③ 刘振瀛:《〈小说神髓〉译本序》,见［日］坪内逍遥:《小说神髓》,北京：人民文学出版社，1991年，第1页。

处，并不是在取代了"善"，因为"真"与"善"这二者的主次不是最重要的，重要的在于，它包含了"某种认识论的'颠倒'"，这种颠倒，在柄谷行人看来，发生于明治二十年代。[①]所谓"风景"，"乃是一种认识性的装置，这个装置一旦成形出现，其起源便被掩盖起来了"[②]。这种"装置"，从皮尔斯符号学的角度理解，实际上，等于是符号的"再现体"（符号），与"对象"之间，包含有一种逻辑层面的认识论。是用知识来解释"再现体"（符号），而不是跳过"对象"指向解释项。退一步说，即便在索绪尔的符号学体系里，能指与所指纠缠在一起，而不是雅各布森说的，诗是语言的非指称性。

中国新文学以来的"风景"，往往包含着某种认识论色彩。"风景"中夹杂、纠缠着一种对历史和现实的"想象力"。表现在诗歌里，诗中的风景，多是带有某种"颠倒"了的"认识"功能，使得"风景"纠缠在一种对历史和现实

---

① ［日］柄谷行人：《〈日本现代文学的起源〉中文版再版作者序（2013）》，北京：中央编译出版社，2013年，第1页。

② ［日］柄谷行人：《日本现代文学的起源》，北京：中央编译出版社，2013年，第10页。

的"想象力"中。新时期以来的先锋诗歌，在20世纪80年代以后，出现了一种所谓的"知识分子写作"，这种写作，总体上要求诗人以一种"中年心态"（相对于"青春写作"）进行写作。之所以如此，乃是因为，这样做，能够更好地让诗歌与"历史"发生关系，让"历史意识"进入诗歌。如此，不言自明的是，这种写作中，必定包含着"认识论的颠倒"。

正如柄谷行人对北村透谷的评价："他（北村）面对现实的政治世界，试图通过文学的想象力来与之对抗。"①这里的"对抗"，笔者更愿意将之视为诗人与历史的纠缠，是一种"历史意识"在起作用。这是一种非常典型的，将诗与历史纠缠在一起，并有可能将诗"工具化"的做法，至少是有这种危险的。

阿多诺说，奥斯威辛之后，写诗是野蛮的。这种说法似乎混淆了诗歌与历史的关系，而在这种用灵魂写作之类的观念中，历史与诗是垂直，而非平等的关系，更谈不上对话。

卡尔维诺在谈及诗歌与历史／现实之间的关系时说："有时候我觉得世界正在变成石头……仿佛谁都没能躲开美杜莎那

---

① ［日］柄谷行人：《〈日本现代文学的起源〉中文版再版作者序（2013）》，北京：中央编译出版社，2013年，第3页。

残酷的目光。"柏尔修斯在战斗中，砍下美杜莎的头，他的方法是"不直视那个戈耳工女妖的面孔，而是通过铜盾的反射看着她的形象。……柏尔修斯为了割下美杜莎的头颅，避免自己变成石头，他依靠的是世界上最轻的物质——风和云，并把自己的目光投向间接的形象——镜面反射的形象"①。这里，卡尔维诺，谈的正是诗人如何在诗歌中处理历史／现实的方法：拒绝与妖怪正面相处。这不正是皮尔斯符号学中，再现体跳过对象，直接进入解释项吗？

所谓的"用灵魂写作"，或者用良心书写，直面命运之类之说，都是一种罔顾他者、取消对话、直面历史的做法。这固然显出所谓的"担当"来，然而，须知，这与诗歌本身并没有根本的关系。正如芥川《艺术及其他》说的："用灵魂写，用生命画！这类贴一层金箔的花里胡哨的话，只是面向中学生的说教。"②柏桦也将这句话写在《轻逸日本：一种〈枕草子〉之美》一文中，表明他对芥川说法的认可。

基于本文的讨论，也基于当下诗歌写作与批评的现实，笔

---

① ［意］卡尔维诺：《美国讲稿》，南京：译林出版社，2012年，第3-4页。

② ［日］芥川龙之介：《芥川龙之介全集》（第4卷），济南：山东文艺出版社，2005年，第28页。

者认为，在诗与历史／现实之间，保持一种各自独立的状态，互相将之视为"他者"，保有一种平等的对话关系。唯有如此，诗歌在保持自身美学的独立性前提下，更好地观照历史和现实。同时，诗歌的丰富性、时间—空间的延展力达到最大，而诗歌文本也达到"轻"的极致。这是对当下诗歌写作和批评偏于和历史／现实纠缠的一个反拨。在这一点，诗集《竹笑：同芥川龙之介东游》可以作为"轻"诗歌的代表，它在处理历史的时候，并不在认识性的装置中，恰恰相反，而是从感受性出发，是一个开放的文本。

　　柏桦在《轻逸日本：一种〈枕草子〉之美》中反复强调"轻"。这是理解他的诗歌的核心词。比如，"诚实的日本人可以把生意做得像蝴蝶那样轻盈"，"在日本，性交之后，物之哀。日本人的性交若蜻蜓交尾般轻轻摆动一下，淡泊而清洁"。这种"轻"，是词语之轻，是再现体跳过对象直奔解释项的轻——它摆脱了历史的各种复杂性和各种纠缠。同样，这种"轻"，使得在诗歌内部的历史摆脱了认识论、理性、逻辑的束缚，从而历史作为被感受，而不是被认识之物存在。如果说，认识性的、具有启蒙色彩的诗歌是语言的祛魅，对于柏桦来说，他的从感受性出发的写作，则是回归到语言的复魅。这得归功于他的这种写作方式对历史和现实的"悬置"。他不是按照一个认识性的装置来写作的，因而，他的诗歌，相对于时代风气，摆脱了家族相似，不在当代诗歌的家族谱系之内。对他而言，诗歌与历史／现实以一种平等对话的关系，握手言和，彼此可以互为镜子。试看《竹笑：同芥川龙之介东游》中的一首《日本琐记（一）》：

京都旧如丰满

静冈人话好多……

我们说白得发亮

黑得发亮，黄得发亮……

任何外国人微笑

（中国韩国人除外）

日本人都会吃惊？

用鹿儿岛话吓他！

有个好地方可去

——福冈

这首诗有两首，此处讨论其中一首。第一句，"京都旧如丰满"，从认识的角度，这句话完全不可解。柏桦的写作，取消了诗歌的认识功能。本来，在阅读的层面，读者首先诉求于"懂"，要看得"懂"，逻辑上要说得通，但柏桦的诗歌说不通。此后，"静冈人话好多……"现实中，是不是所有的静冈人都是话多？显然不能这样认识。整首诗，都以这种感受性的语言，来处理历史/现实。柏桦把感受性变成一种"知识"，他的句子往往是以"知识"的面目出现的，实际上，这并不是真知识，而是假知识。

　　一旦涉及"知识"，必定落入康德的认识论装置。柏桦这样做，正是去掉了诗歌的历史意识，让历史成为历史，让现实成为现实，他对认识论的蔑视和戏弄，消除了诗歌的精神性和价值，让词语和事物归于感受，让历史/现实变为肉身的一部分，因而，其诗歌超出了同时代的诗人的写作，变得神秘难解。柏桦为读者提供了一种新的个人化的"历史想象力"，这种以戏弄知识的方式来书写历史，是一种更接近历史的路径，在当代是独一无二的。

　　柏桦的"轻"写作，从外部看，是处理文本与历史/现实，但这也是一个文本内部的问题，关乎词语、句法、语篇。在外部和内部之外，又涉及一个与趣味有关的问题。我之所以特意谈及这个词，是因为对于直接硬处理"历史"的诗人而言，他们认为，趣味是与"纯诗"、唯美主义诗歌相联系的词，容易使人陷入"美文想象力"，而忽略"历史想象力"。但笔者以为，恰恰是因为趣味，才为"轻"写作提供了一把解开文本与历史／现实之间纽结的钥匙。爱伦·坡《诗的原理》一文，较早地讨论了诗歌与真理、趣味的问题。他将真理排除在诗歌之外，笔者意识到，这是对启蒙时代以来的具有认识性装置的近代文学的有意偏离。①后来在欧洲发展出的颓废文学、唯美主义文学、象征主义诗歌等，均可以视为对爱伦·坡的呼应。今天，当时代的诗歌写作深陷启蒙性的认识论文学泥淖之际，经过理性整合的写作，与历史发生了完全没有必要的纠缠、撕扯。那么，是否应该重估"趣味"的价值呢？

柏桦的写作，即是出于这样的"趣味"自觉，他的写作可以称为"后知识写作"。这是诗人的主体和理性、知识、认识论的庄谐并举的对话，是以一种从精微的感受性出发的诗歌想象

---

① ［美］爱伦·坡：《诗的原理》，见潞潞编：《准则与尺度》，北京：北京出版社，2003 年，第 15–21 页。

力，来避开历史／现实的石化，从而达到诗歌文本与历史／现实的对话效果。从趣味入手，处理诗歌的外部和内部问题，从而有了一种"柏桦体"的诗歌。趣味，对柏桦意味着，在"轻"的统摄下，是养小、精确、女性化、享乐主义、恶、怪癖、色情……每一种，都与"正确性"相左。"'我常想别人死了／才好。这别人中，甚至有我的亲人。'"（《无远弗届》中引芥川的话）"某人为生发，边在头上抹蝙蝠血边想……""吃幼鼠的眼睛可让人眼晶晶亮""别嘲笑我，你会长不大，会被淹死的：／'我水里的大便浮起来了，大便比水还轻啊！'"（《惊讶》；引号内，为引用芥川的话）"教授抠鼻屎，老媪小解，乃寻常事""女工黎明放屁呢，读到如此高雅的／描写，我非常敬重青木健作的才气。""因爱慕的女官／放了一个屁，藤大纳言忠家闻着臭气／顿觉人生失去了意义，遂决定出家。"（《放屁》）"堀内利器呢，正如芥川龙之介所说，／这名字不是人，是特许专卖的挖井机械。"（《秋天》）……这些"趣味"，以对知识戏弄的方式瓦解了"知识"的认识功能，使他的文本变为开放的系统。这种开放文本，天然具有对话性。又比如一首叫《日诗比药方短》的诗歌：

1904年的日本，挂灯笼与战争有关
送牛奶的男人最易成为社会主义者
夜半走路回家总能听到神秘的声音

1969年，在重庆，同样是吃酱油饭
初冬晚餐酱油饭与初夏晚餐酱油饭
是不同的，前者充饥，后者可品鉴

回忆总在自由中么？谋划在乐趣里！
眺望有时不涉彼岸，贫困里有传奇？
舒适一欠缺商机就来，日诗比药方短。

注释一：此诗第一节本事，由读芥川龙之介《追忆》第三十四条《动员令》及第三十五条《久井田卯之助》得知。

注释二："日诗"，日本诗的缩略语。

标题里"日诗比药方短"，这是一种知识吗？未必。它是感受性。此处"日诗"，可能是俳句，但俳句仅是日诗的一部分。而药方又有多短？这显然是知觉现象学式的感受，是看似绝对知识，而绝不是知识。"1904年的日本，挂灯笼与战争有关"，依诗的注释，我查阅了出处，得知在1904年，确实如此。但是，这句诗仍然不是知识，而是感受性，是一种阅读印象，像柏尔修斯斩杀美杜莎，使用了"风和云"——柏桦对历史，获取了一种"间接形象"。但芥川原文是知识，也是一种历史。

在文本以内，柏桦使用了克里斯蒂娃意义上的互文性手段，从而使芥川笔下的日本历史，与柏桦自身的本土体验产生对话。1904年和1969年，"挂灯笼"和"酱油饭"，两种对照，即是二者对话。在文本内部，它们互为他者，彼此可以看到对方的后脑勺，也从对方那里，看到自己。而那种托尔斯泰式的自我感受式的作品，则与现实胶着，互相撕扯，拉不开距离，因此也难以形成对话。

四

针对20世纪90年代以后诗歌写作中出现的一种具有综合性、个人化的"历史想象力"，陈超对它进行了仔细考察，对它的价值做出肯定的同时，并对它进行了发挥，成为自己的独特的诗学理念。他对"历史想象力"的框定，首先是"诗人从个体主体性出发"，其次是"以独立的精神姿态和话语方式"，去处理诗人"生存和个体生命中的问题"。并在修辞的层面，列出了多种表现，试图在个人化形式和人文关怀之间，建立一种先锋诗歌普遍的书写范式。陈超甚至说："我对未来先锋诗歌走向的瞻望，也不会离开以上的历史想象力的向度。"①

早在2006年，他在《重铸诗歌的"历史想象力"》一文，已经讨论了"历史想象力"："'历史想象力'要求诗人具有历史意识和当下关怀，对生存、个体生命、文化之间真正临界点和真正困境的语言有深度理解和自觉挖掘意识，能够将诗性的幻想和具体生存的真实性作扭结一起的行走，处理时代生活血肉之躯上的噬心主题。"②这段话充分表明了陈超的人文主义立场，除了他列举的一些诗人和批评家之外，③也让人想起多

---

① 陈超：《先锋诗歌20年：想象力方式的转换》，载《燕山大学学报》，2009年4期。

② 陈超：《重铸诗歌的"历史想象力"》，载《文艺研究》，2006年3期，第9页。

③ 陈超列举：姜涛、胡续冬、沈苇、杨键、尹丽川、敬文东、周瓒、冷霜、刘洁岷、张桃洲、侯马、徐江、叶匡政、马永波、宋晓贤、桑克、唐欣、朱朱、谭克修、沈浩波、霍俊明。

年以来流行的"打工诗歌""草根诗歌""乡土诗歌"等等，总括其特征，都有一种朝向历史/现实的情怀。

针对陈的看法，姜涛后来提出了几个问题：在他的具有显著人文立场的强烈吁求中，他的个人化的"历史想象力"，除了"自我说明"以外，这种"人文立场存在的前提和条件是什么？为它哺育的个人化'历史想象力'是否自明？为了回应新的思想及生存问题，'历史想象力'是否存在内在的限制，又该怎样突破限制？"并指出，这种人文主义立场的"历史想象力"本身具有"伦理的暧昧性"。[①]姜涛找准了陈超的"历史想象力"的问题所在。笔者觉得，从陈超自己的框定来看，他对主体性和独立精神姿态的强调，这也是需要接受后结构时代诗学询问的，他的人文主义立场，天然地与启蒙性勾连。对"主体性"的突显，表明了非对话的独白视角，"精神姿态"则纯然表明了写作者潜在的启蒙动机。再者，他在《先锋诗歌20年》一文中对"历史想象力"的讨论，其实只是最初讨论的完善和修订，包括他提出在诗歌技术的层面，应该是"具体—抽象—'新的具体'"，都没有使这种诗学观念甩开暧昧的伦

---

① 姜涛:《"历史想象力"如何可能:几部长诗的阅读札记》,载《文艺研究》,2013年4期,第14页。

理。这一点，我以为是"个人化历史想象力"诗学最容易让人质疑而又最难以理直气壮回答的薄弱点。这使得他倡议的"历史想象力"，像一种诗教，颇有几分为了应付历史和现实的复杂局面而炮制出来的意思。

提倡诗人写作"介入"历史和现实，并不是从陈超开始。有关在诗歌写作中，美学和伦理学孰先孰后的问题，并不是一个新话题。众所周知，布罗茨基在诺贝尔受奖演说时有个著名论断："美学是伦理学之母；'好'和'坏'的概念——首先是美学的概念，它们限于'善'与'恶'的范畴。"①如若把这个论断与"历史想象力"并置，它们之间的冲突很容易就显示出来。

笔者在对柏桦《竹笑：同芥川龙之介东游》的考察中，发现了柏桦写作的对话性，以他者的视角——就像镜子一样——在对话中处理生存和个体经验，处理历史、现实的难题。和柏桦诗歌文本对比，陈超"历史想象力"理论中，明显不具有对话性，也就是说，被陈超框定的"历史想象力"，无法解释柏

---

① ［美］布罗茨基:《诺贝尔受奖演说》,《文明的孩子——布罗茨基论诗和诗人》,北京：中央编译出版社,1999年,第36页。

桦的诗歌。①这也表明，"历史想象力"具有的局限。陈超处理历史／现实的方式，虽能解释一部分诗人的写作，也可以解释某些诗歌现象，但它并非在美学以内，而是在美学以外。这种充满文化研究色彩的诗学解释，对于诗歌的美学而言，未必有多少价值。这种方式的写作，也只会使得诗歌写作集体陷入"石化"的沉重状态。

无论是批评家陈超，还是一些历史意识和当下社会关怀优先的诗歌写作者，他们的历史想象力，无疑是来自所谓的历史意识。这种历史意识，实质上，就是一种布尔迪厄所谓的Habitus，也就是一种"习性"。这个词，是布尔迪厄从拉丁词借用的，据说，它原本就有着一种道德内涵，布尔迪厄则赋予其新的意义，使它同时具有理论和实践的双重价值。"在布尔迪厄那里，Habitus一方面是指在特定历史条件下，在个人意识中内化了的社会行为的影响的结果，特别是特定社会中的教育制度在个人意识中的内在化和象征性结构化的结果。另一方面，这种来自长期实践的经验因素，一旦经历一定的历史时期

---

　　① 事实上，早在2011年，笔者在与柏桦的闲谈中，很偶然地，柏桦讲起陈超曾经告诉他，通过阅读，他能判断柏桦诗歌达到的高度，但是却没有办法阐释。

的沉淀，并内在化于特定历史阶段的人群和个人的意识内部之后，Habitus便自然地去指挥和调动个人和群体的行为方向，赋予各种社会行动以意义。生存心态成为了人的社会行为、生存方式、社会风尚、行为规则、策略等实际表现及其精神方面的总根源。"①这种来源于生存心态的"历史意识"，和现象学中的意向性，有着某种关联，但是，它不是诗的，而是社会的、历史的、文化的、伦理的。

因此，围绕它在诗歌中展开的"历史想象力"，就诗歌美学的角度而言，则没有任何关联。但正如姜涛说的，"'后现代'的文艺原理和历史记忆的羞愤难当，交相作用，共同塑造了先锋诗歌的'意识形态'，也推动'历史想象力'在'异质混成'中生成"②。这表明，在当今的先锋诗歌话语和"意识形态"中，依然体现出发生于20世纪初的新文学塑造痕迹。变化的是历史语境，不变的是Habitus，意识发生作用的方式。所以，我以为，柏桦的《竹笑》，除了可以看作是一种在"本

---

① 参见高宣扬：《布尔迪厄的社会理论》，上海：同济大学出版社，2004年，第114-116页。Habitus通常译为"习性""惯习"等，高宣扬译为"生存心态"，特此说明。

② 姜涛：《"历史想象力"如何可能：几部长诗的阅读札记》，载《文艺研究》，2013年4期，第23页。

土／异域"对话中生成的文本，也是一种在话语和诗歌"意识形态"上呈现出崭新面目的文本，或者说，柏桦通过诗集《竹笑》，缔造了一种新的话语和诗歌"意识形态"，一种新的诗歌美学。

2017年7月26日于成都，修改于2018年5月26日

《竹笑：同芥川龙之介东游》五人谈

主持者：李商雨（西南交通大学人文学院博士生）

笔谈者：王语行、周东升、刘诗晨（三人皆为西南交通大学人文学院博士生）、王治田（新加坡南洋理工大学中文系博士生）

李商雨：《竹笑：同芥川龙之介东游》（下文统一简称为《竹笑》）是一首由九十六首短诗组成的长诗。柏桦以芥川为媒介，借以向日本文学表达了赞赏之意。这是一次相遇，还是一次告别？

王语行：《竹笑》的写法，让我想起《水绘仙侣》。《水绘仙侣》是纳博科夫式的正文、注释的交融呼应的文字迷宫，《竹笑》则是一万多字的《缘起》与九十六首短诗构成的诗文织锦。

《缘起》与《竹笑》后面诸诗互相诠释、互相辉映，开诗体写作之新风。这种写法并不奇怪：柏桦不仅是诗人，而且是文人。诗人是专业性的、专注的，而文人则是广博的、发散的。《竹笑》之序言，亦即《缘起》，就是典型的文人笔记体写作。笔记体是文人的写作方式，随意、自由、率性，"私人性"十足。《缘起》的趣味性十分迷人，写出了一个异邦人微微的讶异：日本之细、之轻、之洁、之怪……这种趣味性是文人独有的，他只提供细节和洞察，却没有态度，不下结论，"对日本就只像是对《诗经》朴素的朗读"（胡兰成）。

为什么写日本？缘于一种文化感（人对自己存在方式的确认）。柏桦的文化感，不是国民性的改造，也不是国粹派的执守，而是"观"。"观"是安静的、冷静的甚至是冷漠的（东升提及写人力车夫，"从一个苦力的脸上我感到某种类似于蛇的东西"，哪有人道主义的影子？但"观"无关什么主义、情感、阶级），而"观"又是切入文化灵魂的唯一方法。柏桦对中华文化之"观"，向来是通过西洋汉学，《竹笑》则一反故态，借用东洋汉学之眼来看吾国种种。芥川笔下的中国，停滞、颓唐、老大帝国的余晖……西洋汉学对中国，是绝对的他者，而东洋汉学，则是相对的他者（日本的汉学家，因为国势强盛、脱亚入欧，歧视中国，又因文化同源，对中国有温情、记忆、联想），柏桦选择芥川作为切入点，其中也有此隐微之处。芥川是中国古典文学哺育的作家，芥川之中国，芥川之日本，乃是分不清的混溶、暧昧、勾连，中国乎，日本乎，柏桦乎，芥川乎？……东洋汉学的丰富性，亦在此。此外，芥川是多元的触点，他有波德莱尔的颓废，有小说家的格物本领，有类似明恩溥（Arthur Henderson Smith）对中国人的他者观察，关键是芥川身上有反庸俗、反道德的"恶"，这种破除了伪善、正确感、规规矩矩的美学，反而展现了人性的种种侧面。《竹笑》有文化感，有柏桦的学术眼光，正如他对西洋汉学的独特选择和接受，这组诗也是对吾国美学、历史、人性的观照，尽管是以诗的形式来呈现。

周东升：我们之所以谈论《竹笑》，预设了必要性前提。这个前提至少包含两个方面，第一，基于当代诗歌写作的整体考察，我们认为柏桦近些年的诗歌写作，具有独特的价值，值得我们讨论。第二，基于对柏桦诗歌的全面阅读，我们觉得《竹笑》在柏桦诗歌中，具有某种标出性，或者代表性。谈论它有助于我们了解柏桦诗歌的特征或风貌。前者，意味着我们要回应近年来对柏桦写作的否定声音，即便不做针锋相对的论辩，也应把这种声音作为我们谈论的隐性背景。后者，意味着要在柏桦诗歌的整体背景上观照《竹笑》，这样的视角，能够更清晰地认识柏桦所谓的对日本文学的"赞赏"。

近年来，对柏桦写作的批评声音中，有一种非常极端的否定。北京一位很有名的批评家，在一次讲座中，说柏桦"现在苦心草写的那些所谓的诗篇，顶多具有自慰的性质"。他所罗列的新诗诸多"表达之易"的流弊中，把柏桦作为"身体—本能式表达之易"的代表。在"身体理论"盛行的今天，身体式的表达，本来是高度评价，在这位批评家的口中，却变成了一种"易"之诗病。这是一种很怪异的话语组合方法。他粗暴地否定了柏桦从身体的向度，恢复汉语诗歌感受力的全部努力，也轻易地忽视了柏桦将新诗写作从革命、启蒙、教化的工具性困境中解脱出来的意义。

郜元宝曾经对新文学提问："为什么粗糙"？并以此来批评新文学的语言工具论。但换个角度看，粗糙的原因，很可能不在于语言工具论，古今都有语言工具论的意识，并且工具性原本也是语言的功能之一。其根本原因更可能与诗性的感知能力有关。我们太过急切地投身于现实争辩之中，太过拘泥于有关真理与谬误的知识问题，而感知世界与自我的诗性能力，却越来越薄弱。很多时候，我们只能认可一种带有元诗性质的自我反思之诗，断然否定在反思之外，另有一种诗性建构的可能。我觉得这是否定柏桦诗歌的主要原因所在。因此常见的质疑可能是这样的：柏桦对人的现代处境提出了什么见解？柏桦的逸乐诗学与审美消费的区别何在？柏桦大量地征引传统是不是对当下现实的逃避？……从这些预设立场的发问方式，很容易演绎出一个否定性的答案，但是，这个发问和否定的自身价值却非常可疑。就像我们提出并回答"钻石可以吃吗""鸟儿飞翔不是逃离大地吗"之类问题一样。不论肯定和否定，与钻石、飞翔都是无关的，它只能意味着我们对思考对象的偏见和无知。

自2010年以来，柏桦的诗学进路越来越清晰，概括地说，柏桦以"漫游"的身姿，出入于古典与现代，东方与西方，从谢朓、庾信、杜甫、白居易、吴文英、张爱玲、胡兰成以及契诃夫、纳博科夫、赫塔米勒、清少纳言、芥川龙之介等具有非凡的文学感受力的作家那里，以对话、征引、拼贴的方式，试图重新发现并建构一个新的文学传统。说他重新发现，因为历史话语已经把杜甫、白居易等诗人，严重筛检为单向度的诗人，柏桦重启了他们的丰富性，说是建构，柏桦以古今中外的漫游，勾连出一块新的诗歌版图。而这块版图的建构基石，便是一种共同的诗性感受力，它隐匿在不同类型的作家背后，柏桦也是凭它去发现、去阅读、去写作的。经由这种敏锐而独特的感受力，柏桦轻易地从现实的决定性和意识形态的左右中逃逸出来，借用沃尔夫冈·伊瑟尔的话来说，它只针对"人类的可塑性"，"超越了世间悠悠万事的困扰，摆脱了束缚人类天性的种种机构的框范"。因此，当批评仅仅从现实的立场出发，或仅仅从身体—本能出发，很难看出柏桦诗歌的全部意义所在。

回到《竹笑》，我们可以看到，这个九十六首诗的系列，在柏桦编织的传统之网中，显得尤为突出。近些年来，柏桦系列性的对话之诗有：与胡兰成对话的《革命要诗与学问》二十首，与赫塔·米勒对话的《铁笑》十七首，与张爱玲对话的亦有十数首。与此相较，《竹笑》的规模就暗含着这组诗的标出性。那么，是什么激发了柏桦与芥川龙之介的诗学共鸣？

柏桦与日本文学的渊源很深，在20世纪90年代写成的《左边——毛泽东时代的抒情诗人》中，多处论及日本文学。他对《枕草子》的热爱与重新发现，直接激发了他深入日本文学传统的热情。他的《一点墨》也是向《枕草子》致敬的作品，书名也巧合地呼应了正冈子规的《一滴墨汁》。进入柏桦视野的日本作者如此之多，真正能促生对话欲望的却并不多。最显著的也就是传统的清少纳言和现代的芥川龙之介。在《左边》

中，柏桦曾说：

> 三岛由纪夫却不能代表日本灵魂。虽然他以日本传统方式切腹自杀，但他更多的一面仅仅是一个王尔德式的唯美主义者在日本的翻版，他的血液里流淌着西洋的杂质。而谷崎和川端才是日本美学的纯正代表。他们创造了不可能的奇迹，在20世纪的今天重现了"枕草子"的光辉——"往昔徒然空消逝……人之年龄。春、夏、秋、冬。"尤其是谷崎，在他后来成熟的作品中，让人欣慰地看到他解决如下一对深刻矛盾的高超手腕（这对矛盾是所有第三世界国家，尤其是亚洲国家，特别是东亚国家无法避免的），即在不得不顺应西方现代性的同时，又着力保持自身古典的原汁原味。的确，"伟大的作品必须自成一格，原汁原味，忠实无欺"（奥尔罕·帕慕克的一个观点）。

但事实上，谷崎和川端并未或尚未引起柏桦的充分重视。从谷崎与芥川的文学争论，可以看出二人之间的差异，而差异之处，最能见出柏桦与芥川的志趣相投。比如有关"故事情节"和小说中"诗的精神"的争论中，几乎可以肯定，柏桦是支持芥川的，和芥川一样，柏桦注重的是"事件"的诗性，而不是以它为基础，编织奇特的情节和趣味。柏桦一谈到张爱玲，便对《异乡记》这个残篇赞不绝口，对于柏桦，《异乡记》正像芥川所言，"有无像样的故事，亦与作品能否流芳后世了不相涉"。而《异乡记》之所以受到赞美，更是因为它随处可遇的诗性和张爱玲独特的感受力。当芥川盛赞司汤达小说具有"诗的精神"时，同样也令人想起柏桦的《往事》对《红与黑》的戏仿。当然，柏桦与芥川的对话基础不仅仅是这些观念上的相近，更主要的还是文学感受力方面的共鸣。此处已经说得够多了，必要的补充，在下面谈吧。

总结一句：我觉得，柏桦借助与芥川所代表的日本文学精神对话，扩张了自己的诗歌版图，并将芥川作为通达传统与现代的一个交通枢纽。

刘诗晨：柏桦这篇作品，可以当成他私人的中日比较文学索引。中日的关系，千丝万缕，就不必赘言了。不过我注意到，柏桦的视角始终是反系统化的，没有什么大结论，只有如福柯所言的那种"小判断"，种种细微处的呈现，同时又不流于琐碎和浅表，譬如"洁"这一概念，每次涉及的视角都起于微毫，从"仁丹胡"也叫"卫生胡"，到"热衷写卫生的作家"，再到"中国乡村有静无洁"等的断语，突然，而又精准。诗中"穆斯林非要戴那顶白帽子吗？／是的，我们为了清洁，为了方便礼拜"（《戏作三昧》）；"油浸浸的黑枕头，说得好听一点，／是经年历月；说得不好听，是脏。"（《再三注意帖》），各有侧重。辛辣恳切。经年而来的感慨，所带来的丰富性，绝非止于干涩的逻辑。后一句，更能体会到柏桦在叶芝对于虚构抒情角色的观念影响下，如何自然地融合了芥川不客气的观察直觉。同时，这也是对话性质的，隔着文本回应芥川令人不快又无法回避的中国印象。有些人认为，柏桦书写青少年成长时代，如今又"依托"起胡兰成，是一种审美主义对于权力与世俗化的佞态，显然是没有读到这些如同神经突触般的直陈。

　　另外，从俯视的视野观测"日本"的位置，则更有诗观构建上的意义。在《竹笑》之前，柏桦已经写了一组《铁笑》，以新晋诺奖得主罗马尼亚裔德国女作家赫塔·米勒为其"旅伴"。那种作为苏联震荡带最边缘的东欧氛围是我们特别熟悉的，也是我们最无知的领域。而《竹笑》亦然。只是日本更熟悉我们，而不是相反。当然这在柏桦的融合视域（这是接受美学的一个重要概念）里，有着极强的共性。也就是对现代汉诗的磁场。另外，当然还有席卷世界的欧美现代主义诗学，包括了象征主义、意象主义、超现实、自白派等一系列的冲击，以及古典中国诗学。这四个区域，当然，不仅是柏桦也是整个汉语诗歌所要面对的母体。斗胆地推测，最起码这个系列还有两组，将完成一个有序的柏桦诗歌宇宙。

不过这四个区域冲击的应付方式，柏桦显然是独树一帜。譬如，我们还是用比较的眼光来看，能在众多的东欧巨擘中择出赫塔·米勒，不仅独到，更重要的是显示出了极为开放的锐意的鉴赏力。赫塔·米勒曾言自己为工厂车间各种小物件甚至楼梯的小结构的命名惊叹，而她自己也以非常"无产"的极为日常的诗意去反讽东欧的苏联政治境遇。也就是说，以一种生活着的无产者反抗赤色意识形态的铁血，这点上，和朗西埃在《劳动者之夜》（*Labor's Night*）中发问并细致描述的无产者们很相似，在夜晚，他们真正在干什么？而不是这个形象理论上干了些什么。也只有"笑"这个动作，能如此轻盈地化解这假正经又惨烈的一幕了。在《竹笑》这组诗里，也有一句和赫塔·米勒非常合拍的句子，"女工黎明放屁"（《放屁》）。赫塔·米勒，据我的了解，因为她写作中融于血液的铁屑般的诗意，在年轻人中的拥护者要远远多于上一代人。只有不被那种经典的现代审美区隔所辖域化的诗人，才能同时为她所折服。这让我想起柏桦所认同的艾略特，一个提出"去个人化"诗观的自称古典主义的玄言诗人，却是他那个时代的爵士乐散拍爱好者（*The Wasted Land*，*Shakespeherian rag*一段）。如果一个老人说自己热爱新鲜的事物，人们总会免不了怀疑他是不是为了讨好年轻人。但柏桦的爱，作为一个诗人对语言的敏感性，完全取消了时间总会带来的感受方式的阻隔。到了《竹笑》中，这种以诗之"轻"消解观念之"重"的态度，被延续了下来。莫如说，这是柏桦非常坚定的一种态度，必须再而强调：消解，绝非所谓犬儒的妥协，更非变相地驯化，在后结构主义意义上讲，这反而是文学空间的树立。不同于"发现"了少为人知的赫塔·米勒，柏桦几乎是发明了一个已经被固化的芥川龙之介。起码在我的印象中，《罗生门》《地狱变》等等经典的现代小说和自杀遗言才是芥川的主流谈资——柏桦却独独受到《鼻子》这篇处女作的启发。柏桦沉浸在对芥川全集的漫游中，发现一些古怪、偏僻的角落，并为之震惊，甚至百思不得其解，最有代表的要算《芥川，为什么？》这首了，而读到《荡荡帖》中的一些选段，确实令人啧啧称奇。这组诗里到处都是吉光片羽，并且散发出"风流怪诞"的绝妙气息（像一只被抚摸的男式足袋）。谈到这里，大概说明了，无论是东欧的一个角落，还是芥川这栋雕塑的一角，柏桦从来不满足于公众形象。这差不多是一个诗人才有的偏执。而这恰恰是创造性的源泉。甚至带有微观历史的特征，不是特别恰当地说，就好比海登·怀特总能在名人书信中辨析到一种帝国殖民意识形态一样。对于柏桦"轻逸"（阴柔作为汉语文学的正脉）诗观和"笑"这个词的联系，是显而易见的。我在此补充的一些观点，旨在描述这个比较奥妙的态度在种种取舍、喜好与我们处境之间的关系。毋宁说，在汉语诗歌的现场，甚至是一个非常激进的现象。因为大多数人做的工作还是据守某个平台，封闭自己的视野，对冲击做更机械的回应，二元对抗，动辄诉诸华夏、社会现实、反极权等等已经闭合了的立场。对于柏桦熟知的哈佛汉学派所提出的"冲击—回应"模式，他很少下论断，但从他的创作来看，是更具超越性企图的。并且可以看出，他的写作采纳了费正清一系"档案"细读的方法，并挪用到了诗歌领域。不同于东欧的视野，日本，尤其是和芥川这样一位可以说是日本近世文学中综合性最强的作者开启对话，所涵盖的触点、纠缠要复杂得多。使得这种档案法带来的散点透视效果，更直取诗所能取的核心。这并非说反现代性的去中心一定是好的，但对于日本，一定是更合适的。日本对汉语诗歌的重要性毋庸置疑，但像柏桦这样有能力直接呈现其细部的诗人却很罕见。

王治田：柏桦自称有"几十年"的日本情结，从他1982年第一次读到芥川龙之介的《鼻子》算起，已经三十四年了。不过，就我所知，柏桦在创作中最早显露出日本文学的痕迹，似乎是始于1995—1997年的《山水手记》中对《枕草子》的引用（和模仿，如"好听的地名是南京、汉城、名古屋"）。在这首诗中，柏桦已经开始尝试一种"介于诗歌、散文、俳句之间的东西"的写作。在后来的《水绘仙侣》《一点墨》中已经可以看出较多的日本文学的痕迹。如果说，柏桦后期诗风的转变是伴随着日本文学的影响而展开的，应该也不为过吧！不过，我总觉得，柏桦早期的诗歌，在气息和精神上已经有了相通的地方，那便是纤细的情感和柔婉之美。在这里，我只想谈一点，当代诗人，尤其是受了象征主义以来反浪漫传统影响的诗人，总会刻意与抒情保持一定距离，并似乎越来越避免使用"啊""呀"这样的语气词。柏桦虽然也受此影响，但从一开始便抒情意味极浓，也因此获得了"当代中国最杰出的抒情诗人"的评价，因此他的诗中对此并不避讳。在其后期的诗歌中，语气词的使用越来越显示出一种和风之美。以《竹笑》为例，"他发育得真是慢呀，他已二十岁了，看上去却比一个六岁的人还脆弱""洋灯之后，高丽之花，潜伏的古日本呀""古日本的夏天呀！'麦饭虫渐多，天高夏云薄'""又好像什么都没有呢，寂寂的水声"这样的句子，颇似从俳句中摘出。我们知道，日语的表情词发达，俳句中更是常见"や""哉（かな）""あ""わ"这样的感叹词。现代日文翻译中，感叹词的泛滥更是成为日文翻译腔的一个"标志"。然而在柏桦这里，这些感叹词的使用却显得水到渠成，不得不说是柏桦和日本文学之间早已"心有灵犀"。这样看来，柏桦与日本文学的相遇虽然略晚，却可以说得上是"一见如故"。《竹笑》是一本专门向日本文学表达赞赏的书，是否也可以看作是柏桦对几十年来创作的一个总结和再出发呢？

李商雨：众所周知，白居易对日本文学、文化产生了关键性影响，白居易诗歌在日本流布——主要是他的《白氏长庆集》——并开始对日本之美发生关键性影响的时期是平安朝时代，自平安朝至中世、近世，乃至现代，日本文学明显地带有白居易之美的印记，就像家族徽记一样，非常容易辨认出来（甚至包括今日的动漫）。请联系柏桦诗歌谈谈这个问题。

王语行：白居易的美学对日本文学发生影响，主要是因为白居易的"俗"，限于汉文的水平，日本人对于中华文化中的核心始终有隔膜。白居易足够日本人消化了，他俗得可爱，当然也多元，他有儒家的抱负，但不是文死谏的那种，不激烈。与一般文人参禅不同，白居易笃信净土法门，众所周知，净土主要是大众在信仰。他的享乐、闲适自自然然，是一种有格调的生活方式。李白纯道，飘逸如仙，杜甫纯儒，硬骨嶙峋，他们体现的文化浓度非常高，日本人反不容易接受。白居易的世俗性，也暗合了柏桦标举的"逸乐观"，要在尘世中寻找美和趣味，这浮沤般的人生，仍让人万般不舍……

刘诗晨：白居易对庞德来说，是化用汉语诗的方便法门，这还只是浅表的学习。而对于日本来说，则彻底地培植出了其"浮世"美学。商雨兄说到动漫，我可以说个题外话，说动漫中"小清新"这一类型可能更贴切，这也算是浮世美学的世俗化一种。另外，又如短歌和俳句中比较抒情性的"季语"都可以归属此类。物语类、《枕草子》这些就不必说了，在日本皇室的雅的美学中，白居易几乎是基准线。不过，我想补充的是，柏桦在和芥川的对话中，已经超越了浮世性，同时涉及了"幽玄"之思如何与之交融。这么说的缘故是为了区别唯心论美学对于日常的设定，用《精神现象学》中的说法，"一切都是神性的流溢，又回归神性"。这点对于日本的民族意识冲击毋庸置疑，整个京都哲学学派都是建立在如何将德国唯心论转化为本土"空"的结构。而在以芥川为代表的日本文学中"浮世"性本来就已经足够丰富，以至于芬诺罗萨以来的欧美艺术家对此趋之若鹜。但是，光有这些会滑入琐碎，抑或是在对美感的狂热渴求下走入耽美的极端（柏桦称为"享乐性和恶魔性"）。这需要一种理念可以锁住其沉降的、肉身的、地母式的浮世感，但在物哀（私）、诧寂（枯）之外，恐怕只有引自佛学的幽玄一系，以荡出情余而不可务求理式的奥妙，才可以与唯心论相颉颃。而得益自夏目漱石的芥川所开创的新思潮派，其目标就是要在保留敏锐浮世感之余，使得艺术能经受"诗思"这举圣火的锤炼（芥川：《答谷崎润一郎》）。而芥川的所谓"诗的精神"，其内涵是超过一般诗哲二元划分的，从《侏儒的话》，以及把司汤达、斯威夫特的反思性与讽刺性作为例证，都可以表明这点。除了更接近于禅机，恐怕无法从欧陆哲学中找到范本。另外，无论佛、儒（江户时期）还是"脱亚入欧"，虽然不断冲击着日本的心智结构，但原始多神的神道传统却又从人格神（天皇）、器物、仪式性等等保证了本土情感表现的空间，这点又使"和魂"不至于沦落到一荣俱荣一损俱损的处境。"当真！No ideas but in things／……／读卜正民的书《秩序的沦陷》／我只想在苏州留园玩一天赌博"（《中国游记》）。柏桦这一节的境界已经相当超拔，析取了芥川所能代表的日本浮世美学之精髓。在本书中，此类片段俯拾皆是。譬如"小猫喝水轻，小狗喝水响""野猪脖子硬，又到花之春""金鱼鼓眼，露出副岌岌可危的样子""神经衰弱的人害怕看有棱有角的字"。这其实很像古典汉诗学中的起兴，然而起兴作为一种非常难以捉摸的修辞主要还是和气象相关，"文，物象之本。文者，纹也"。通俗说，《诗经》中起兴，多起于风物交感。而后士大夫阶层崛起，更辖域了起兴的视野。如黄庭坚《咏猩猩毛笔》、梅尧臣《扪虱得蚤》之类，汉诗传统是贬抑的，而以俳谐为宗的日本传统确实极度推崇，让日本诗歌松散、开放的结构更有兼容性，更新也快，不至于像汉诗那样陷入文言、白话的割裂。以致井上井月、芥川这样观察力日常敏锐度与幽默感俱佳者，更是让这样的传统占领并重新主导了现代性的生成。俳句中最关键的结构"季语"更新能力之强，是汉诗无法比拟的，甚至"入学""扇风机"之类都可毫不违和地纳入，说明"祛魅"这一举动在中日的诗歌

318

交互中很早就发生了。"妻双乳下垂，形若艾草饼"（《金泽》），此句甚堪滋味，实则"艾草饼"本是季语，运用虽巧妙，终究是基本功好的缘故。再如井上井月"马尾袋珍奇"一句，亦是对风物的珍惜。浮世的书写，生出狂想、禅机来，但从不是空中楼阁或概念穹顶式地笼罩万物。这样的"机"恐怕就是非常幽玄了。在《芥川的两个"三发现"和一个指认》中，柏桦就明确表达了与浮世美学中深藏的种种玄机的可能性，也就把think in things的理念与日本文学进一步挖掘出来。猴子——悲喜集于一面；兔子——一无所获。而最后，最惊人的，是芥川在狂想中见到的那个只有日本才能设想的"犹大"：一个王者。这种浮世中的机趣，柏桦也拿捏住并写下了许多句子，如"在丝瓜架上晒棉被与在葡萄架上晒棉被有何不同？／难道晒出的味道，一定就是前者东方，后者西方？"（《东西辩证》）；"夏天莫感伤，向资产阶级学习稳定的情绪"（《四季注意令》）；等等。对于这种浮世中的机巧，中日微妙的差异也在篇中有所展示。如"雨是一件袈裟"（废名）和"伽蓝正是落花时，落下门闩僧人去"（野泽凡兆）两句很有范例性。汉语文脉更大气，谈禅的落点总在空，在境界。而日语文脉更"小气"（柏桦语），哪怕是以僧佛为主题，落点亦是日常，在余情。无论是物哀、耽美、狂想、奇癖、私爱、枯涩，日本都要极尽其能事并挖掘其中乖戾常态的美感。譬如"哀而不伤"这种事，是不会发生在日本的，只会哀毁致死。至于这种种微妙处，以及柏桦与之的对话、吸纳、回应，难以尽言。柏桦所做的，无非是从及物之思到中日诗歌交往中的及"诗"之思，用叙事学的概念讲，是一种"后设"写作，及反思文体本身配置及内在动力的一种书写。

王治田：柏桦自己说："苏州、日本自古互为镜像，白居易之后，日本有一种苏州之美。"他在之前和邓月娘的访谈中，也提到了白居易对于日本文学的影响，这个影响，主要就是"逸乐"，包括了精美和颓废。这里还提到苏州，白居易曾经做过苏州刺史。柏桦早期写过《苏州记事一年》（1989.12），这是柏桦较早显示出"逸乐"诗学观的一首作品。这样看起来，白居易—苏州—逸乐，是可以对应起来的。这在柏桦的诗里，其实就是一个人、一座城、一种精神的对应。这个人，可以是芥川龙之介，可以是谷崎润一郎，也可以是胡兰成，或者柏桦自己；这个城呢，可以是苏州，或者南京，或者成都，或者京都、东京、名古屋；而这个精神，也就是逸乐。我想，只要把握住了这个词，可以解开柏桦诗歌的很多秘密。且看这首诗《侏儒的话》：

> 一期一会，一刀一拜，一扇一舞……
> 朱舜水之后，日本有一种宁波之美！
> 可你说白居易之后日本就有了苏州之美。
>
> 而我能否再找到风的老师呀，在仙台
> ——大海，未完成……白鹤，待续飞……

柏桦的诗歌经常呈现出很大的跳跃性，很容易让人跟不上。但是只要把握住了"逸乐"的精神内涵，便可以知道，无论怎么跳，都如盘中走丸，万变不离其宗。"朱舜水之后，日本有一种宁波之美"，这难道不是"白居易之后，日本有一种苏州之美"的同义复唱吗？

李商雨：一个明显的特征，即，日本的文学（主流）具有唯美的特征。这种唯美，有人也谓之耽美，不过这个说法容易让人联想起日漫，我依然用"唯美"一词。在现代时期，谷崎润一郎在西方唯美派与颓废派文学触发下，将之发展到近乎极致。而在中国，不说自古以来，即以新文学运动以来而言，唯美的文学都是一种边缘话语。比如现代文学时期上海的邵洵美，他几乎为后来的文学意识形态遮蔽以至于湮没；甚至也有人批评这是所谓的"美的偏执"。结合柏桦的写作——我认为，柏桦的写作具有明显的唯美特征——怎么看这个问题？

王语行：我以为，柏桦与唯美主义的蜜月期已经结束了。他早期尚有唯美主义的倾向，如李煜，"写下那些带着亡国气息和挽歌般悲哀的句子"。柏桦超越了自己，诗中仍有唯美主义的质素，但已没了唯美主义的感伤。大诗人没有类型，更不会感伤。如果强作比喻，柏桦如禅宗的揭地掀天，他破了小诗人、中诗人的类型化、情绪化。他的诗，在我看来，相当部分是"非诗"，完全打破了新诗的类型、范式，直入无人之境。《继续儿歌》《怀旧感不是性感》，前者是顺口溜式的儿歌，后者是一串怪诞的联想，"南洋过了是北洋……东洋过了是西洋……上午过了是下午……午饭过了是晚饭……"柏桦写作的心态完全放松了，才能如此下笔，游戏笔墨，游戏人生（非世俗意义上的颓废）。这些诗看不懂不要紧，正如禅宗语录，不是让人看懂，而是激发、提撕，或者仅是某种呈现。《金刚经》言"非法、非非法"，柏桦之诗乃"非诗、非非诗"。"非非诗"是反、超越，"不是诗，还是诗"，又是什么"诗"呢？此点一般小诗人最难接受，因为打破了他们习惯的东西，让他们存在的价值发生了疑问。

周东升：日本文学我知之甚少，对谷崎和芥川稍有一点了解。从柏桦对谷崎和芥川不同的态度，其实可以看出，柏桦对待唯美主义的态度。谷崎进入柏桦视野，比芥川要早得多，但除了《厕所种种》一文，柏桦几乎就没再征引过谷崎文字。《竹笑》中的那首《谷崎》是源自芥川对谷崎的谈论，引自芥川《文友旧事》第四节。商雨曾送我一本精美的《阴翳礼赞》，第一篇便是《阴翳礼赞》，从审美的角度切入日本的传统与现实。但是读着读着，就会发现谷崎是以一种沉湎的姿态对待传统，他的审美几乎是无距离的，而他的恶魔主义小说，同时又沉湎在西方的唯美传统中。这一点和柏桦以及芥川几乎完全相异。柏桦不论对文学传统还是现实生活，他的观看总是保持适度的距离，他清醒地欣赏但不沉迷，认同但保持自身的独特性。这个距离感，使得柏桦式的颓废，有着明亮的光泽，唯美之中，兼具生命的厚重。也可以说，柏桦在传统的审美主义中，增加了尖锐的一面，在西方唯美主义风格中，减去了无限沉沦的一面。当然，这是基于柏桦当下诗歌的描述。他早期的《琼斯敦》等诗其实是尖锐又疯狂的，而《在清朝》则有沉涵古典的倾向。或者可以这样说，在我看来，柏桦20世纪90年代停笔之前，他的唯美是分裂的，而今天，他实现了传统审美与现代唯美的统一，或者说他实现了超越。

刘诗晨：说到唯美，谷崎润一郎到泉镜花一系，更接近日本文学的正脉，也许？川端康成（新感觉派）和太宰治要比芥川适合得多，也许。回到之前对于欧洲至英美对日本的冲击，芥川的反应模式却是独一无二的，这点恐怕更是令柏桦聚焦于他的原因。在明治至昭和期间，对于这种冲击，欧洲大陆的冲击是最先发难并且也是最凶猛的。最典型的现象要数"巴黎症候群"，20世纪80年代旅法日本人，因巴黎现状与其完美妄想相异，又不愿接受，引发了种种生理性障碍。

这一期主要围绕存在主义、德国表现主义和晚期浪漫派至象征主义的种种演变，我们可以发现，从森鸥外开始，以岛崎藤村为主将的这一日本现代文学新潮中，谷崎、泉镜花的文学观更多是为日本由井原西鹤以来奠定的官能主义找到了其美学依托并把唯美、物哀发展到了一种虐恋式的极致。从正面讲，由幕末儒、佛、天皇始，至于维新广场派、统制派一系列的观念约束，特别是旅顺战役后二十年间的武士道军政教育，日本唯有在这一短暂的真空期，伴随着谷崎润一郎的出现、勃发与困境，致力于高昂的"身体解放"运动。也因此，名篇佳作不绝。本色而自信。审美中心论使得日本半封闭的岛屿性畸情得以充分挥洒，如久旱甘霖，并且在波德莱尔、魏尔伦、王尔德等先驱的鼓动与引导下，找到了《春琴抄》《高野圣僧》这样绝妙的形式。反对者总要谈社会批评、道德秩序，而对于"唯美"者来说，逼视在人性中绝不可能否决的"欲望"，难道不才是更直接的问题？在彻底性上，王尔德也不会达到日本唯美主义者的纯度。任何艺术批评，都不可能无视日本唯美派的功绩。

王治田：中国自古就有"唯美"的文学传统，但这个传统一直受到了压抑。这个我想不只在中国，西方也是如此，唯美主义的盛行是很晚的事情。然而在日本，唯美主义的传统要更加深厚。从《源氏物语》的"物哀"，到能乐的"幽玄"。前面提到白居易，白居易的"唯美"也是被日本人发扬光大的。《竹笑》向日本文学致敬，其实也就是在向唯美致敬。或者说，柏桦写作的"唯美"，有大半是来自日本的影响。有一个切入点，西方"唯美主义"的渊源，是哥特式的奇幻和巴洛克式的繁复（且看爱伦坡和王尔德的小说），是"重"，是男性化。而日本的"唯美"则来自于日本民族本身的精致、细腻、柔婉，是"轻"，偏女性化的。柏桦自己就说了："日本因小而精确，女性化的日本要把人逼疯。日本文明如春，而无秋冬，也因日本是女性的？"这是日本的"唯美"有别于其他民族文化的地方，也是令柏桦心向往之的。

李商雨：在我看来，日本文学有一个最明显的特征——"轻"。这本诗集也有这种明显特征。请谈谈"轻"的问题。

王语行：人世如此沉重，文学已无须再写沉重。《竹笑》里有的诗很轻，如"风吹散儿童胸前的痱子粉"（《留言》）、"傍晚，神秘的日本……蔷薇花香吹来天主的神秘"（《沃尔甘迪诺神父的决心》）。张枣的诗观是"甜"，柏桦的诗观是"轻"。"轻"是静，是寂寞，是逝去，是色空之际的惘然……柏桦的"轻"，直入汉语的空无之境，在那里，一切失去了重量，却可幻化无形、极尽姿态。

周东升：柏桦的"轻"，是一种文体的轻、姿态的轻，像他常常写到的燕子的轻，这使得他能够掠过世间万物与文化传统的"重"，但它同时又能激起心灵乃至身体的震颤。同时，这也是一种令人受不了的"轻"，泥于精神现象学的身体，突然被带入这种飞翔的轻，会有失重的不适，而惯于宰制身体、欲望，宰制诗性的意识形态，在这种轻盈里，受到冷遇、抛弃，也会愤怒不已。在诗歌里，柏桦甚至连轻与重的对抗主题都懒得写，他径直奔向轻的一面，就像他对胡兰成不吝赞美之词一样，根本不理睬你所谓的道德问题。这比对抗更是一种冒犯。曾经风行的"下半身"写作，还是一种对抗性的写作，包含着另一种意识形态，但柏桦的姿态更洒脱，更轻，我不依存于你的存在、你的压制，我是我帝国中的自足者。《竹笑》开篇写道，"有了万古意，好汉回头便是神仙"，柏桦以前写过"万古愁"，现在这个"愁"都不要了，天地不仁以万物为刍狗，何来愁？神仙何来愁？

王治田："轻"与"重"是一对重要的诗学概念。西方诗歌史上有所谓的"轻体诗"（light poetry or light verse）的传统，通过幽默、诙谐、戏谑的笔调，来处理严肃的题材。如果仅仅从这个定义来看，诗歌的轻重就仅仅是风格和技巧层面的问题，但其实它与一个时代的走向有着密切关系。在这里，我想引用一段奥登的论述作为引子。奥登在为自己的《轻体诗选》所作的导言中将"轻体诗"的发展描绘出了另外一条轨迹。在他看来，"当诗人感兴趣的事情，以及他看到的自己周围的事情都和观众们眼里的一致，而这些观众又很具有普遍性，他就不会觉得自己与众不同，他的语言会很直接，而且接近普通的表达"，这时候，他的诗就是"轻体诗"。这样看来，"轻体诗"就变成了与大众一致的诗歌，在这个意义上，奥登讲，"轻体诗往往是传统的"。然而，因为工业革命以来的社会分化，浪漫派的诗人虽然声称要为大众写作，却写得越来越内省、晦涩而孤芳自赏，这时候诗歌变得不再"轻"了。不过依然有诗人在延续"轻"的诗歌传统，比如拜伦、彭斯，还有19世纪的儿童诗和胡话诗。奥登在这里表达了一个作为现代诗人的焦虑，"如何找到或建立一个真正的社群，让每个人都能在其中找到受尊重的位置，并且感到如鱼得水"，这样的社会中，"诗人才可能写出朴素，明朗而欢快的诗，而且不用牺牲他的微妙，感性和完整的品性"。

在奥登看来，诗歌的轻重问题被转换为诗人与大众是否一致的问题，这看起来与诗歌艺术毫无关系，其实不然。现代汉诗的产生在很大程度上正是缘于启蒙的需要，胡适所谓的"言文一致""诗该怎么做就怎么做"，正是一种诗歌"轻化"的主张。由此来反思新诗的百年发展，我们会发现一个十分吊诡的现象（与西方浪漫派的命运相似）：新诗本来是为了"轻化"而生，然而却最后越来越躲进自己的象牙塔，变得越来越"重"。这其实涉及了诗歌的美学性和社会性之间的矛盾，也就是奥登所说的，"朴素、明朗、欢快"与"微妙、感兴、完整"之间的矛盾，这是现代诗人写作所隐含的一个内在焦虑。在这样的背景下，我们再来看柏桦的写作，就会有独特的发现。柏桦在《竹笑》中说："因为宋朝是轻盈的，日本的一切亦是轻的，'连火车都使人觉得很轻'。"这个"轻"也就是"逸乐"。我们知道，"逸乐"是柏桦后期写作的一个重要诗学观，而这个"逸乐"在相当程度上来自日本的文学传统（还有《水绘仙侣》所揭橥出来的明清士大夫的传统、江南的文学传统）。这个"逸乐"的诗学观一方面接通了东方传统的美学资源，另外一方面也消解着"现代性"给传统社会带来的冲击和焦虑。柏桦在很多场合提到了"现代性"在塑造现代诗歌语言面貌中的作用，也可以说，柏桦是当代少有的对于"现代性"问题如此敏感的诗人之一（《史记：晚清至民国》《史记：1950—1976》可以看作现代性冲击下传统中国的一幅"清明上河图"）。他在谈到王敖诗歌时，又一次强调了"现代性"给现代诗歌带来的焦虑。他又引用了臧棣对王敖诗歌的评价："无焦虑写作"。这个"无焦虑"当然可以从多个层面来解释，但我认为，柏桦强调的还是"无现代性的焦虑"。柏桦这里虽然是在评价王敖的写作，但我觉得倒颇有些夫子自道的意味。因为我们看柏桦后期的写作，他的"逸乐"，他的"杂于一"，就是对于现代性焦虑的一种反抗和消解。《竹笑》中也涉及这样的主题，且看：

日本耽美如谷崎，慢慢来，抽一支烟……
快乐生理，哪来波德莱尔式的紧迫感

谷崎的"慢"与"快乐生理"，正是与波德莱尔的"快"与病态的反照。当然，诗歌的美学性与社会性的关系是一个很复杂的问题，柏桦这里对于"现代性焦虑"的消解并不是反现代性，毋宁说是对"现代性"的包容和超越。正如我们追求"轻"，也并不一定意味着要向大众投怀送抱——与大众（更准确地说，"大众"语言）之间的这种若即若离的关系，正是启动现代诗歌语言创造的一个强力引擎。而奥登所向往的宜于"轻体诗"生存的自由完整的社会，亦将由诗人的语言之国来创造。

李商雨：我这里引《竹笑·缘起》中的两句话，请就这两句引语谈谈。第一句是："胡适曾指出日本民族三长：爱美、好洁、轻死。"第二句是："日本唯美主义作家都带有享乐性和恶魔性。"

王语行：日本人接受儒家的"义""忠"，却绝不接受"仁"，自此与中庸之道无缘，而"仁"恰恰是生命的舒展、扩充。以此故，日本文化始终自我压抑、制约，遂造就了日本文学的极端性（"享乐性和恶魔性"），而少从容与余裕，却暗合了后现代的美学趣味。中国文学后来太过圆熟了，柏桦写《竹笑》，聚焦于芥川龙之介的骇目、触目、醒目之处，就是要打破某种稳定。《放屁》一诗郑重写"屁"，"因爱慕的女官／放了一个屁，藤大纳言忠家闻着臭气／顿觉人生失去了意义，遂决定出家"。屁成了刺点，加上那故作郑重的喜感，让整首诗显得不正经。这样的怪诗、歪诗，没有意义，却有意思，让人不知如何说，但能感觉到某种况味。世间总有些禁忌，大大小小的禁忌，柏桦笔之所触，意之所到，大大小小的禁忌统统打破了，让人感到：人生处处可以自得，世界处处可以敞开。

刘诗晨：从谷崎润一郎与芥川在围绕"小说结构"与"诗性精神"的论战中，却很意外地能看出其美学在立场上的寄生性，不敢逾越欧美叙事学的雷池。或许恰恰是因为"畸情"本身的极端性，加之《异端者的悲哀》中失败、涣散的恶魔主义倾向所引发的信念危机感，使得谷崎唯独要固守故事和结构了（《饶舌录》）。他们是女性的吗？毋宁说，他们痴迷于女性化，以及其细腻、残酷的情感伦理，然而本身的视角却是限于有序结构的欲望的享用者，如今说是耽美。作为一系渊流极深，而且直接催生出了以《堕落论》《人间失格》为旗帜的私小说的盛行。即便到《雪国》《金阁寺》也还是有所继承。但更接近于特殊时期的一种激进运动，本身却无法保证活力，对于恶魔性倾向，柏桦也表达了自己的态度，"芥川，东京夜半！恶魔可怖，你当防卫"（《恶魔》）。然而又如柏桦在诗中所说，"与其指责我们的过失，不如理解我们的热情"（《所以……》）。从拉萨尔（一个小资产社会主义者）的话所切入的视角，完全可以概括对于日本唯美派最贴切的观照。这也表现出柏桦"引言"写作的难度和价值，在于如何精确地使用"遗产"而非囤积"遗产"，可以从如此大跨度又互相渗透的语义来穿插引文，不仅是难度、技艺上的考验，其效果要远比贫乏的闭门造车要好得多。艾略特的"白金丝"理论已经是老生常谈，但却很少有人提及，在白璧德门下的艾略特在以"唯我论"为主题的博士论文就已经表达了"非个人化是深层的个人化"这一态度。同时，这种观点在最新锐的作家那里也有所回响，譬如英国学院派小说家中的翘楚戴维·洛奇（David

Lodge）就用了一整本书来告诫人们，真正有意义的内容都已经被伟大的作家们写完，我们所能做的无非只是应用（《大英博物馆在倒塌》）。

王治田：这两句话，其实柏桦自己已经有了很多解释，我姑且引用柏桦自己的文字来说明吧。

爱美——"大战打响前两小时，有个日本敢死队士兵，在聚精会神地挤左脸颊上的粉刺""看吧，幸福（不仅是父母的"心想"，也是人人的心想）就是：穿着漂亮衣服，随便走走……"；

好洁——"乡村之美就一个词可概括：静洁。中国乡村有静无洁。日本乡村得静洁双美。""洁癖者多是爱复仇的人。还用问吗，这里说的又是日本"；

日本人为什么会爱美、好洁呢？因为日本人认真、无余、小气："中国人有余，因此随随便便；日本人无余，因此严格认真。中国人马虎，日本人认真……马虎的人伟大，认真的人小气。"

"享乐性"和"恶魔性"彼此矛盾。享乐是纵欲、是欲望，而从宗教的眼光看来，欲望便是魔障。

李商雨：我们这个问题，涉及文学的技艺。芥川龙之介在

《艺术及其他》一文中说："用灵魂写，用生命画！这类贴一层金箔的花里胡哨的话，只是面向中学生的说教。……轻而易举的单纯，不如复杂。"如何理解"单纯"和"复杂"？

王语行："单纯"是佛家第一境："见山是山，见水是水。""复杂"是第二境："见山不是山，见水不是水。"拙劣的现实主义往往流入第一境。"简单"是描写，"复杂"则是观照，思维和视角全息化了。

周东升：这个问题，芥川实际已经说得足够清楚，巧合的是柏桦在很早以前也说过类似的话。特别是关于技巧的看法，柏桦与芥川简直如出一辙。但因为商雨的这个问题，用了省略号，使得"单纯"和"复杂"有了更多的联想空间，因此，我也趁此多说几句。

初看这个问题，我首先想到乔治·斯坦纳在讨论海明威小说语言时的一个反问："海明威的语言怎能传达更能言善道之人的丰富内心生活？"在斯坦纳看来，陀思妥耶夫斯基的《罪与罚》包含了"全部的生活"，但是，这"全部的生活"是海明威那种简洁或者说单薄的语言无法承受得起的。这提醒我反观今天的口语化写作主张。这种主张，其实就是倡导以简单的语言将诗歌朝单纯里写，并在单纯里呈现清晰的洞见或回味悠远的诗意。这个主张很理想化，同时又非常危险，至少对于初学者而言，它不是一条适合成长的道路。单纯固然能够深刻，但不经历复杂的单纯，更容易流于简单、低级。汉语中，简单一词常和粗暴连用，这两个词在内在逻辑上是相通的。今天有人还在坚持口语化写作，这当然是好事，因为它牵制着另一极——语言晦涩的写作，使得汉语写作始终处于一种动态的语言磨合中，不至于僵化。

回到柏桦诗歌中，就不适合在语言层面上谈这个问题了，因为它是杂于一，没法用这种二元对立的方式展开。但柏桦的诗歌趋于唯美的单纯，有时候，单纯到令人心领神会又无话可说，而实现这种单纯的方式却是精致的、复杂的。或者说，它以丰富的肌理呈现了整体的单纯。也许用德勒兹的"褶子"来描述，更加妥帖。

王治田：柏桦诗歌里的"复杂"我觉得就是技巧吧！"灵魂""生命"，看起来单纯，却容易流于玄虚。技巧看起来"复杂"，却更加切实。二进制比十进制简单，却能演化出更加复杂的算法。这在文学里也是一样。古典诗歌平平仄仄，看起来是很复杂很烦琐的，但其实是最简单的做法；现代诗歌的声音看起来自由，没有一定之规，却更加复杂。不过有趣的是，一般人会认为，初学者要学技巧，而高手无技巧，"无招胜有招"；芥川龙之介这里却说，高手才讲技巧，"灵魂""生命"，不过是对中学生的说教。这看起来是很难理解的。前面讲到，中国的古典诗歌讲求声韵、格律、起承转合，这些都是入门级的技巧，但是呢，讲多了，容易流于匠气。比如叶燮曾经说："律诗必首句如何起，三四如何承，五六如何接，末句如何结……此三家村词伯相传久矣！"——技巧不过是村夫子的玩意。不过在我看来，这正是古典诗歌技巧烂熟而趋于停滞后的一种状态。且看杜甫说："老来渐于诗律细。"技巧是需要一辈子学习的学问。这句话也可以用来谈柏桦。

李商雨：在《缘起》中，柏桦谈到"白居易之后，日本有一种苏州之美"，怎么理解？

王语行：苏州的安逸、精致，与白居易的生活方式同构，有谈笑之姿，也有清闲之心。不同时期的中国人，影响了不同时期的日本人。朱舜水带去了阳明哲学和春秋大义，日本人借此重振了民族精神，建立了主体，这才有了明治维新，所以柏桦说"朱舜水之后，日本有一种宁波之美"……

李商雨：我们继续谈日本的美，希望大家同时也谈诗歌文本。在《谷崎》诗中，柏桦写道："日本耽美如谷崎，慢慢来，抽支烟……妖里妖气的阴翳礼赞"，你如何理解"妖里妖气的""阴翳"？

王语行："阴翳"之美，用那首我喜欢的《流去》来说明，"门前悠悠水色和密密竹林""夏日的洋槐，无人的安静的厨房""又好像什么都没有呢，寂寂的水声/两岸人家，昏昏灯火，德国往事"……这首诗本身充满"阴翳"之美，优柔、和缓、深远，有一种寂寥之味。阴翳是一种模糊而幽寂的空间感，一种微暗而朦胧的情致，有界限又没有界限，如：水色—竹林、洋槐—厨房、河岸—人家—灯火，这些意象组合起来，是一幅幽深、有余情的风景画，给人以无限的、有深意的感觉。诗就诞生在有边际和无边际之间，所谓色空之际。

周东升：这首诗前面我已经提到，它源自芥川谈论谷崎的一段文字，诗歌涉及的前文本原句有：他（谷崎）身穿黑西装，内衬红坎肩，个子不高……那是一副由动物性的嘴唇和精神性的眼睛互为张力的、颇有特色的面孔。我们坐在吸烟室长凳上，分享一盒"敷岛"香烟，并议论一阵儿谷崎润一郎。当年，谷崎在他所开拓的、妖气氤氲的耽美主义田野中，培育了诸如《艳杀》《神童》《阿才与巳之助》等名副其实的、阴惨惨的《恶之华》……然而谷崎的耽美主义毫无那般执着的苦闷，却具有过多享乐的余地。……戈蒂耶与谷崎都缺乏坡和波德莱尔共通的紧迫感。……无论怎样充满活力，只要肥胖症患者得以存在，他的耽美主义无疑仍然是病态倾向……如今读他的作品，比起一字一句的含义，我更会从那畅流无阻的文章节奏中得到生理上的快感。

柏桦的转写很有意思，他把判断语几乎全部删除，只留下描述性的文字，从而给谷崎绘制了一幅漫画式的肖像。显然，这幅肖像超出了芥川评论的限制和谷崎自身的形象，别具一种意味。商雨所提的问题，似乎就是要引出这样一种意味来。在我看来，柏桦实际是在借谷崎，观照日本传统，芥川描绘了谷崎，柏桦描绘了日本的耽美主义者。柏桦把谷崎作品上的书名号全部去掉，"艳杀神童"的联想限制被解禁了，也照应了"妖里妖气"。

王治田：谷崎的《阴翳礼赞》讲的是东西文明的差别，西方人喜欢锃亮的器物，而东方人则喜欢阴翳。谷崎说："美不存在于物体，而存在于物体与物体所制作的阴翳的花样与阴暗之中。夜明珠置于暗处，则放光彩，曝于白日之下即丧失宝石的魅力。同样，离开阴翳的作用，美就消失。"芥川龙之介也写过中国农村的昏暗的灯光，"昏昏灯火话平生"，这是独特的东方之美。这是柏桦在《史记：晚清至民国》中也写过的。不过，这里的"妖里妖气"这个形容词，还是很有意思。我觉得，要理解这个词，不妨引用谷崎自己的文字。他在形容日本女人"铁浆染牙"的化妆法时，说："古人故意将妇女的红唇涂以青黑色，又镶上螺钿，这样便从丰艳的脸上夺去了一切血色。当我一想到在那坟冢上的墓灯摇曳的阴翳里，少女那鬼火样的青唇之间时时闪烁着漆黑的牙齿微笑的模样，觉得不可能想象比这更白的面容了。"活脱脱的一副"妖里妖气"的阴翳之相啊！这阴翳中透露着一股病态的、幽暗的女性化之美，这也是能乐的"幽玄"之美。

李商雨：接下来，我想把问题引向具有文化研究色彩的讨论，当然，它关乎美，关乎文学。有一种看法，认为日本文学是女性的——"妖里妖气"是不是形容女性的？——同时，我在柏桦诗歌中，也发现了这个特征，即女性特征。这是我们讨论的一个关键问题，我希望我们分两个层面来讨论。先讨论第一个层面：我以为，女性化的美，必然是精致的美（如果不同意这种说法也可以）；如果说日本文学是精致的、女性的，那么，中国文学则显得粗放和男性。怎么看这个问题？

王语行：2013年，在交大犀浦校区，言及胡兰成及《枕草子》，柏桦感慨地说："东亚的正脉是阴柔……"闻听此语，我久久怵然而豁然有悟。阴柔是女性化的"轻盈"，远离了横暴、粗野、宏大感。日本的美学是东亚美学正脉之余泽，有中国南方楚文化的巫气，也有宋朝的雅致与柔逸。日本之姿，是花之姿，樱花之姿。日本人感于樱花必将凋零的命运，物哀之情，寄于一花，无常、短暂、哀寂……华夏文化则开朗豁达，我们的美是桃花之姿，"桃之夭夭、灼灼其华"，喜庆、阳气、安静……樱花—桃花，乃合"一阴一阳"之说，日本之"姿"，源出华夏美学，又与华夏美学构成互补。相对于樱花之姿，连胡兰成的美学都是阳刚的。柏桦对"日本之姿"的敏感、着迷，也是对另一种美学的叹赏。日本小而美，小而可爱，典型的女性气质。中国文学则是综合的、博大的、刚柔相济的。相对于日本文学，中国文学是开阔的、广大平正的，不耽溺于某种类型，正如柏桦近年的诗，已无法用某一理论来诠释，因为跳出了某种类型。

李商雨：第二个层面是关于"雌雄同体"的问题。就这个说法，我来援引弗吉尼亚·吴尔芙的几句话。吴尔芙在《一间自己的房间》的第六章谈及雌雄同体的问题。她说，这个说法肇自柯勒律治。她认为，"我们每个人，都受两种力量制约，一种是男性的，一种是女性的；在男性的头脑中，男人支配女人，在女性的头脑中，女人支配男人。柯勒律治说，睿智的头脑是雌雄同体的"，"纯粹男性化的头脑不能创造，正如纯粹女性化的头脑也不能创造"。"雌雄同体的头脑更多孔隙，易于引发共鸣；它能够不受妨碍地传达情感；它天生富于创造力、清晰、不断裂。实际上，你不妨将莎士比亚的头脑看作雌雄同体，是女性化的男人头脑"。吴尔芙进一步认为，一般人的头脑倾向于单性，但雌雄同体的头脑则是高度发达的头脑。关于雌雄同体这个问题，早在弗洛伊德那时就已经提出了，它也是后现代主义的一个关键词。我引这段话的意思是，希望大家能结合日本之美以及柏桦的诗歌来谈谈这个问题，因为至少在我看来，这个特征是显著的。

王语行：中国文化讲"无"，"无"是最高境界，在"无"之境，未有性别之分。人受阴阳之气而受生，乃有男女之别。男女之别是显相，是阴阳变化之美。诗人是创造者，这一点同于女性，要带些女性的特点。女性的感知更细腻，也更安静，对外物容易生发出敏锐的触觉，将瞬间的感兴化入笔端。柏桦的诗，始终有一种青春之美，青春是无限的可能，有生生之美。女性，孕育一切，亦有生生之美。

周东升： 我只补充一个张爱玲的说法吧："超人是男性的，神却带有女性的成分，超人与神不同。超人是进取的，是一种生存的目标。神是广大的同情，慈悲，了解，安息。"

刘诗晨： 很早以前，柏桦就对《枕草子》在中国的推广做了很多工作，并且，他从更深入的研究中（包括海外日本学）印证了"女性发明了日本文学"这一非常有说服力的结论。这让我想起柏桦在多处反复提及"过于女性的男人和过于男性的女人""诗是女性的""女性男人""阴柔"等等说法，特别是在一篇附言中对他喜爱的男演员冯喆申辩道，他这种女性化不是sissy，不是同志，而是文武双全的。另一次又在《我的早期诗观》中，质疑"真正的男性是否真正读得懂诗歌，但我从不怀疑女性或带有女性气质的男性"。这个观点本身非常微妙，有待读者甘味了。其实这并不罕见，尼采就说过自己"想像女人一样写作"，而德里达为此还专门写了一篇长文来阐发这个问题，"此次讲座的题目是风格问题。然而，我的主题却是女人"（《马刺：尼采的风格》）。这到底又是什么意思呢？我想引用一些很有指示性的段落来参证柏桦的这一种诗观。由于德里达借尼采所谈的是哲学，然而在有一点上他们十分相似，就是对于"空洞的厌恶"。柏桦常常引用纳博科夫的名言"伟大的思想不过是空洞的废话"来表达他对思想不及物而又具有强制性（也就是那种缺乏创造性的男权）的厌恶。与此类似，德里达说，"风格"就像匕首，可以用来"猛击哲学假质料和矩阵之名所迎合的东西"。接着，他转而为女性化在风格中的作用找到了一种立场鲜明的意图，"当人们在其强力之下屈服或退却并且借着面纱和风帆的养护溜之大吉时，可以与之保持距离并进行抵抗"。当然，不能说柏桦和德里达分享了完全同一种精神，但这两者确实在某种程度上有异曲同工之妙。由标题所圈定的主题性与组诗本身的范畴，共同确立的东西，柏桦在诗中并没有任由意识去肆意涣散。而这恰恰是意识的一个非常反艺术的征兆。柏桦的诗，在挑选和安置引述时，从来都以极高的品位和诗性概括（为区别于"格言"）为标准，同时，我在大量的阅读后体认到了一种内在的合适。他意识到什么，就找到他所意识的引述，并且融入自己的风格化尝试。另外，绝不会容许不克制。这都是诗的，而不是散文的特征，是兼具了女性的触觉与男性控制力的一种融合。正如他通篇所提到的"清洁"，并引述了芥川因为芜湖大街上的猪让他想念日本的话，以及"中国乡村有静无洁"。这是内意识如何在自由贯通之外，能保持诗性的精髓。也即波德莱尔著名的说法，"内在的凝视"。我相信柏桦并没有刻意营造什么。而是自在的内意识（女性的）与凝视（男性的）合力的结果。我相信，一个雌雄同体的意识，是不会被统治的，也不配被统治，根本是统治的剩余之物，因而也是最具生命力的。

王治田："雌雄同体"是一个很有意思的说法，其实不光诗人如此，具体到文学作品来说，也照样是如此。前面说过了，中国文学是男性的，日本文学是女性的，然而二者未尝没有相互渗透的成分。中国文学中，《水浒传》是男性的，而林冲风雪山神庙，阮小五簪花荡桨芦苇湾，未尝没有一种别样的妩媚（大木康曾云，《水浒传》的故事背景是在北方，反映的却是江南风情）；《红楼梦》是女性的，而焦大醉骂，醉金刚尚侠，连众女儿的芦雪厂大啖鹿肉，"是名士真风流"，亦未尝没有男性的潇洒。关于日本文化，最有名的说法，就是"菊与刀"，菊花是女性，是《源氏物语》，是物哀，是厚生；刀是男性，是《平家物语》，是武士道，是轻死。这样来看，其实这两种因素在柏桦的创作中都能找得到。

如《两代社会主义者》：

最初，那年轻社会主义者与几个闲人结成小组

他们开演讲会，办小册子，发论文，真温暖呀

婚后他告别那些聚会，家庭建设更有番甜蜜

柏桦引用唐纳德·里奇的话说："相逢是男性，道别是女性。"革命者的聚会演讲，更是一种男性的活动，然而婚后，"家庭建设更有番甜蜜"。柏桦的诗中经常能够读到这种气息的转换，气韵婉转而妙绝天成。

李商雨：谈及"雌雄同体"这个问题，自然，我想起了"身份"，身份与写作之间有极为密切的关系。我以为，在柏桦的诗歌中，身份是值得探讨的一个大问题。比如，女性身份问题——甚至，他的有些诗歌即是以女性口吻写就的。威廉·叶芝在谈到诗人写作的身份问题时，有个"百变面具"之说。可以说，诗歌写作，就是身份扮演。这是否与诗歌的虚构性有很大关系？

王语行：诗歌乃至文学都是语言的游戏，既是游戏，自然要穷尽所有角色，男性也罢，女性也罢，不一一体验，岂不可惜？柏桦的诗强调"戏剧化"，"戏剧化"就是虚拟、游戏，正如京剧中，梅兰芳扮旦角，观众感觉精彩，因为比女人还妩媚，虽然明明知道是在做戏。

王治田：传统来讲，虚构似乎是叙事文学的专利，诗歌是不谈虚构的。但是柏桦却很喜欢用"虚构"的说法，他曾经引用纳博科夫"棱镜"的比喻进行说明。中国古代就有"代言"的传统，也就说诗人替一些闺妇来写寄给丈夫的诗，这个在唐诗里就很多，卢照邻、陈子昂，都有这样的诗，甚至还有人代自己的妻子写寄给自己的诗，自己和自己进行唱和，李白、权德舆，也都有这样的作品。更加久远的是"美人香草"的传统，所谓"男子作闺音"。但是这种女性身份的写作，往往暗含了一种潜在的意识，即女性是弱者，当诗人以女性的身份来进行写作时，是想表达自己弱者的处境，企图以此来获得对方（丈夫／君主）的垂怜。这里可以引屈原《离骚》的两句诗来做例子就够了："惟草木之零落兮，恐美人之迟暮。""约黄昏以为期兮，羌中道而改路！"在这个意义上讲，男子表达的闺怨情结往往有一种"受虐狂"的焦虑。这种焦虑在现代诗中就没有吗？且看郭沫若的《女神》、艾青的《大堰河，我的保姆》。而柏桦的女性书写，似乎要更加"轻"一些。在《竹笑》中，似乎没有直接用女性口吻的书写，但到处弥漫着一股女性的气息。我想，这还是女性的日本文学的影响。柏桦为什么要用女性口吻写作呢，我觉得可以用他自己在《左边》中的话来回答："就一般而言，我有些怀疑真正的男性是否真正读得懂诗歌，但我从不怀疑女性或带有女性气质的男性。她们寂寞、懒散、体弱和敏感的气质使得她们天生不自觉地沉湎于诗的旋律。"

李商雨：语行在一篇文章中——为《革命要诗与学问》写的书评——提到一个词让我很感兴趣。这个词叫"帝网珠"，我觉得它就是互文性。柏桦诗歌中有非常明显的互文性特征，这个特征让柏桦的诗歌文本与同时代的诗人的诗歌明显区别开来。请谈谈柏桦诗歌的互文性。

王语行：好的"互文"写作是"你我不分"，彼此为用、彼此生发。这离不开"化"的功夫。柏桦在"化"的时候，是顺着文本走的，因此无牵强感、僵硬感。有时，他诗中所引的古诗或引文，读的时候，不觉有插入感，看了注释才觉察到，这说明他在节奏上实现了对所引文本的自洽。"互文"是借尸还魂，"魂"就是作者内在的生命能量。

周东升：柏桦诗歌的大量引文，令很多读者望而却步。我曾经写过《阅读柏桦诗歌的若干关键词》，其中简略地谈到"互文性"，如下：广义上说，所有文本都是互文的（克里斯蒂娃），此处是指柏桦复出后的诗好征引、好化用、好"偷"

好"抢"。读者通常都会有些考证欲，倘若诗歌所引之文不曾读过或考证过，便会产生理解上的焦虑。其实，这种焦虑在阅读柏桦诗歌时大多是不必要的。柏桦很少将自己的诗与所引对象互文见义，而是将引文从原文中抽离出来，镶嵌入自己的诗中，再将其化作"处女般的语言"（阿多诺语）。紧紧追踪柏桦的声音与情境，则可越过化引所造成的障碍。然而，互文性造成了阅读的难度，也形成了诗意生长的基点。在个人化的封闭处，开启了诗的普遍性；在诸多引文的敞开处，又凝聚了个人的趣味。或许，通过这样的写作，柏桦正创造一种新的诗歌文体。

需要补充的是，这种新的诗歌文体，其实就是对话式的诗歌，或者叫"良宴会"式的诗歌。有时候，柏桦能把古今中外的诗人一起邀请到同一首诗中，就像在办一场高朋满座的诗歌盛宴，敏锐的读者会在这盛宴中尽享大师的烹诗手艺。有时候，柏桦与某一位特定的诗人携手纵游，或穿行于历史，或远足于异乡，身姿轻盈、洒脱。芥川正是这样的俦侣。

刘诗晨：总题中另一个令人费解的问题是对于"旅伴"的选择。如果上述说法还算恰当的话，如此宏大的主题中旅伴必须承担起类似维吉尔对于但丁那样的责任。唯一不同的是，维吉尔是作为一个导游（也是引导者）带领但丁。而正如我优秀的同事们已经指明的，柏桦和张枣一样，则是在其孤独甚至傲岸的诗歌世界中寻找可对话者。当然，私人偏爱肯定是选择的一个尺度，他们或多或少都相信自己的趣味本身就是一种标准。这个我们旁观者很难深入谈，只能零星地去玩味了。但我不相信对于这么严肃的一个主题，会只依赖这种完全靠经验和敏锐度来把握的标准。还有什么？接下来，川端、三岛、太宰三者，完全重塑了日本文学各自独异的自立形态。而这个时期，可选择的面也相当广，然而，原谅我非常草率地概观，他们都不是很好的"旅伴"。他们之间惊人的相似之处在于对艺术纯度的向往，反而营造了一种单调性的氛围，这是不适于对话的。毕竟，柏桦不是要进入一个独立、个人的艺术宇宙，而是要了解日本文学到底在做什么。令人惊喜的是，芥川做到了这一点，其极为悠然自适的开放态度下，保持着丰富的趣味和文学敏感性。你在芥川身上几乎看不到任何意识形态的刻画，无论是欧洲、英美还是苏俄的意识形态（以他一贯严肃而机智的反讽予以消解），还是日本一段时期狂热的民粹化，都令他反感。什么个人的形而上学，也让他提不起兴趣，《侏儒的话》就是明证，其间充斥着如帕斯卡尔嘲笑笛卡儿般的睿智与对人也仅仅是对人的深切关注。谁有完全的自在以至于根本不考虑塑造自己，任由他所处时空的一切浮沫与沉积冲刷他的背和岸？芥川。谁愿意去和这样一个人对话，柏桦。不仅因为柏桦他早已树立起了一个人，一个诗人的自信，更因为他最受不了的就是种种令人紧张的"自卑意识"。一个真正的现代日本（现代和日本缺一不可）如此悠然自得地生活并品味着的人（"镰仓，'雨中海景凄寂，某种美女尤其多'"《镰仓》），这也让人想起普鲁斯特在晚期才意识到真实的生活给他带来的震惊（柏桦也曾引述过，并写下"那汉人的'美丽生活'重睹须惊"，见《思由猪起》）。这样的人，即便在如此丰盛的日本，恐怕也很难遇见第二个了：

　　　是箱根古老，鸦粪亦古老？
　　　不，是我的文章皆如屎臭！
　　　又为报纸写如粪般的小说。
　　　我已到了精疲力竭的地步
　　　…………

　　　（《文章皆如屎臭》）

王治田："互文性"是后现代主义的一个重要概念。我们可以说，一切的文本都处于互文性的网络之中，但是能够真正对此有足够意识和敏感的诗人，却并不多。能够大胆在自己的写作中，编织繁密的互文性之网的诗人，更是寥寥可数，而柏桦就是其中一个。柏桦诗歌的"互文性"特征，主要便是体现在大胆的拼贴和挪用，这是在其他人的诗歌中少见的。语行"帝网珠"的比喻很好。以前我读卡尔维诺的小说时，经常会有这种随处逢源的快感；在读柏桦的诗时，也常常能有触处生春的喜悦。顺便谈一个问题，我遇到很多读者，都会被柏桦诗中繁复的注释所困扰，觉得自己阅读的思路经常会被打断。这时我会建议说，柏桦诗歌的注释很多时候并不是依附于诗歌文本而存在的，或者说，诗歌本身只是把一条条词目编织在一起的一张网。好比进了维基百科，你读一个词条，经常会碰到许多超链接，如果你不感兴趣呢，就直接跳过去，如果觉得有意思，就点开来，发现又是另外一番天地。柏桦的诗便是这样一个类似的"超文本"。他甚至经常在注释中撇开诗意，任意发挥。这在《水绘仙侣》中体现得尤为明显，比如第一句"这一年春天太快了"，这有什么好注的呢？但是柏桦却做了两页多的注释，从冒辟疆初见董小宛（这与本诗联系还算紧密），谈到秘鲁作家巴尔加斯·略萨的"心理时间"；你本来以为他要顺着这个话题谈下去，他却又说，"可惜，这里我并不准备引上一段他的诗化哲学"，而引了一段张爱玲的《倾城之恋》。这样的注释虽然旁征博引，却很难说是正统"学院派"严谨和简洁的路数，毋宁说是"形散而神不散"，一种跨越文体、"诗文交织"的语言狂欢。同样道理，《竹笑》中用了很多日本文学的典故，如果你感兴趣，就顺着追下去，即便你不知道这个典故来源，也没有关系，并不妨碍你欣赏这首诗时候的愉悦。

李商雨：我认为，互文性是与声音有关的，或者说，至少可以从声音的角度来理解互文，我说的是"对话"。但是也可以撇开互文性来理解声音，基于柏桦诗歌的声音的特殊，可以就这个问题聊一聊。

王语行：柏桦之诗，短句多，长句少。短句多，才轻。长句是沉重的。柏桦最大的贡献是在白话诗中复活了古典的韵律之美，大量三言、四言、五言的运用，毫无翻译腔、流俗气，可说开了一代诗风，这一点越往后看得越清楚。诗风，归根到底是语言的革命。我特别注意到柏桦的一句诗："南京的基督伟大，就在于莫辨古今？"是的，伟大的诗歌也是"莫辨古今"的千岁不易之句，今日我们仍读李白、杜甫、苏轼，即是如此。关于声音，我在一开始谈到了语气词使用的话题，从中可以看出日本文学对柏桦诗歌声音的影响。

另外，如何选择作诗的材料，也会引出各种不同的声音。这让我想到了古典文论中的"诗材/料"说。宋人苏东坡说，"凡读书，可为诗材者，但置一册录之，亦诗家一助"（《竹庄诗话》引），则读书可以积攒诗材。柏桦自己也说，年轻时候靠漫游，现在写诗，则主要靠读书。而到了南宋人那里，山川风物也被看作是"诗材"，毛滂诗云："戏笔砚间盘礴湖，山下过眼尽诗材。"（《东堂集》卷一）所谓的"诗材"，也就是作诗要处理的材料，"选择"的对象。关于"诗材"，其实涉及了诗人面对纷繁的现实世界的眼界和眼光。在一般人看来，风花雪月是常见的诗材，而狗屁屎尿却不是宜于入诗的材料，所以当梅尧臣写出《扪虱得蚤》这样的诗时，会让有些人觉得震惊而难以理解。

周东升："诗歌的声音"是我喜欢的话题，就多说几句吧。谈声音，必须厘清"声音"这个概念多层面的内涵。从语言的角度看，声音指向一首诗的音乐性特征，由声、韵、调、顿组织起来的音响效果，外在的声音与内在情绪相契合，不仅玲珑悦耳，也意味深长。柏桦诗歌非常偏爱声音能指，比如有一首诗叫《齐齐哈尔》，就是反复在玩味"齐齐哈尔"这个声音。而柏桦对有些词、好听的名字、好听的地名，比如南京、敖德萨等，特别钟情，如果我们不能领略词语的声音之美，那么，整首诗韵味，都难以领受，只会觉得怪异。由词延及句子，由句子延及整首诗，柏桦一直很在意声音的组织。他的不少诗，也可以说，就是在排练词的声音。对于执着于意义而不解风情的读者，可能会被这种写法绕晕，有些批评家也看不惯，觉得是玩形式、玩技巧。其实这里有一个误会。德勒兹解读卡罗尔的小说《猎捕蛇鳖》（*The Hunting of the Snark*）非常精彩，可以借来释疑。Snark是卡罗尔生造的一个词，只有声音能指，意义不明，卡罗尔被多次追问，Snark到底是什么，卡罗尔说，我不知道，我回答不了，I don't mean anything but nonsense。而在德勒兹的解读中，非意义的Snark却有着非凡的意义生产力。确实，后来Snark就变成了游艇的名字，《二十二条军规》里中士的名字，以及外星生物、洲际导弹、计算机程序的名称。德勒兹认为，文学写作就在于发现这个非意义的"虚构之点"，以"超越任何我们信以为可能的世界"。也就是说，文学的意图不在于再现某种思想和情感，而是表达一种"尚未到来之物、不能呈现之物或迥异于现成之物的东西"。就此看来，诗歌也就是非再现的声音组织，因为诗歌的所指——这些"东西"不在现实中。从这个层面看柏桦诗歌，通常会有出人意料的惊喜。比如读《芥川，为什么》《语言问题》，"为什么""谁知道"是无解的，只是声音，作为主调贯通全诗，但"为什么""谁知道"为我们打开了一个新异的诗性世界和种种可能性。

从戏剧化的角度看，声音则是艾略特所谓"诗的三种声音"：诗人对自己说话的声音、对听众说话的声音、诗人创造一个戏剧人物说话时诗人自己的声音。这里三种声音实际上变成了诗歌叙述的三种结构方式，但艾略特的表述还是有些缠杂，如果用巴赫金的对话理论来看，更为清晰。巴赫金在审美活动中分离出作者和主人公两种主体。主人公虽然是作者的创造，但不是"无声的奴隶，而是自由的人"，可以与创造者比肩而立。因此，他和作者主体之间就构成了平等的对话关系。从这个角度来看，艾略特的三种声音，其实就是对话的三种展开模式。在柏桦的《竹笑》中，我们看到艾略特的第三种声音，作为作者的柏桦时时刻刻在与隐或显的芥川对话。在这种知音般的相遇中，处处充满惊喜、好奇和惺惺相惜的共鸣。对话中的两种声音，构成了音乐中的复调，从第一首的初遇，到最后一首的遗书，整组《竹笑》就是一部声情婉然的双重协奏曲。

还可以从音乐（不是音乐性）的角度来谈声音，我一直想引入音乐术语"织体"来谈新诗的音乐性结构，鉴于已经说得太多，就不展开了。

李商雨：语言问题。这是个老话题了，但我们可以新谈。柏桦不止一次地谈到与语言有关的诗学命题："杂于一。"我想，这个问题也许可以与声音问题放在一起谈，不过出于条理考虑，我把它变成两个问题。希望我们能谈出新意来。

王语行：思想已被说完了，唯能在语言上做功夫。在表达上，一个写作者最大的能力是：六经注我，一切为我所用，创造"新言""新语"。一部《红楼梦》有多少元素？正因元素多，反显出独特性。没有不能借鉴的，没有不能吸收的。不能借鉴、不能吸收，说明写作者的胸次不广、格局不大、生命触感不强。柏桦的"杂于一"，一是语言风格的繁复，二是诗歌取材的空前广阔，二者彼此驱动，遂有了柏桦诗歌的多义性。

王治田：我想，柏桦诗歌的"杂于一"也是互文性紧密联系的。不过我觉得，这个问题还是要结合"现代性"来谈。

上面我已经说过，现代生活本身的丰富性决定了现代诗人要处理的"材料"更加复杂。这样看来，现代诗的语言就不得不杂。闻一多在评论郭沫若的《女神》时，就注意到了其中的"爱克斯光""energy"等新鲜的名物和词汇，并由此引出现代诗的"近代精神"和"地方色彩"的关系的问题（《女神之地方色彩》）。闻一多反对郭沫若的这种欧化，然而他选择的是一条更加"杂糅"的道路，所谓"中西艺术结婚后产生的宁馨儿"，这里面还包括了方言，还有古典的资源。不妨说，后来卞之琳的"化欧化古"在一定程度上也是从此而来。我们要知道，胡适所开辟的现代汉诗，走的是一条纯粹的"白话文学"的道路，一直到晚年，胡适还梦想着没有受过文言训练的下一代能够做出"纯粹国语文学"。一直到当代，作家们还相信有一种"纯粹"的现代汉语。我姑且引小说家王小波的话来证明："在中国，已经有了一种纯正完美的现代文学语言，剩下的事只是学习，这已经是很容易的事了。我们不需要用难听的方言，也不必用艰涩、缺少表现力的文言来写作。作家们为什么现在还爱用劣等的文字来写作，非我所能知道。但若因此忽略前辈翻译家对文学的贡献，又何止是不公道。"（《我的师承》）王小波虽然是小说家，但他的观点却能够代表相当

357

多的诗人。然而，柏桦却选择的是与此相反的道路。他不止在一个场合说过："现代汉诗应从文言文、白话文（包括日常口语）、翻译文体（包括外来词汇）这三方面获取不同的营养资源。文言文经典、白话文、翻译文体，三者不可或缺，这三种东西要糅为一种。"为什么呢？还是因为现代性："在现代性（modernity）强行介入吾国之后，我们被逼得只能采取如下技术手段：中西合璧、化欧化古，即：希望一个人能通过这东化西化之杂糅，这自我与他者之较量，终会斜逸出一种特别的声音，那一定是中国之声，是未来的中国之声。"（《柏桦专访——时间、城市、声音之谜》）可以说，现代诗歌语言的"纯"与"杂"的问题，也是一个大问题。当然，我们会想，真的会有一种"纯乎其纯"的语言吗？胡适也好，王小波也好，其他的坚守新诗的白话路线的诗人也好，或许都不可能达到一种完全的"纯粹"，但是他们会采取一种谨慎的态度，来捍卫新诗语言的这种"纯洁"（即便是想象出来的"纯洁"），这是一种语言策略。而另外一种，则是像柏桦这样，既然知道无法"纯粹"，那就不妨以一种开放的态度，让它更"杂"一些。不难发现，柏桦所采取的"杂糅"的语言策略，虽然显示出极大的包容性，但是也很大胆，富有冒险性。—— 一个诗人如果没有足够强大的"主体",很容易被各种嘈杂的声音所淹没。但柏桦却没有,他在处理各种异质的声音时显得游刃有余。这就是柏桦独有的"声音"。我还想到柏桦经常引用的艾略特的一句话:大诗人抢,小诗人偷。然而偷是容易的,真正要像柏桦这样明目张胆地"抢",从各种声音、各种文本中借资源,需要更大的胆略。这也是柏桦在当代诗歌语言发展中的一个独特意义。

李商雨:接下来这个问题会与之前的一个问题相关,也即诗歌中的美学与伦理学的问题。柏桦的诗歌,我认为美学是第一,伦理学第二。至少,布罗茨基在他获得诺贝尔文学奖的受奖演说中曾明确为这种写作辩护,他认为"美学优先于伦理学"。我们可以将这个话题引向深入,我抛出这个话题,我们可以结合柏桦的诗歌,以及当下诗坛的现状来讨论。

王语行:真正的美已经包含了伦理学。就像"道"包含了"德"一样,有"道"必有"德"。大美本身就是大善。如果不美,如何能善?美是善的应有之义。

周东升:诗歌中的美学与伦理学的关系,在批判话语中,是纠缠不清的问题。我觉得所谓第一、第二,既不可证伪,也不可证成。但在个体的写作中可能有泾渭分明的界限,比如柏桦的写作,他有美学上的自觉,也有回避伦理判断的自觉,这一点，陆忆敏也是。但我想，很多诗人在写作时不一定会设置这个前提，不管是出于伦理的刺激，还是出于美学的刺激，写出诗就好。在我看来，诗高于美学，也高于伦理，美学或伦理学是诗的结果，是批评话语仰望或观察诗的视角。孔子说，诗可以兴观群怨，就是从阅读或观察的角度而言的，而不是创作的角度。同时，孔子还说"迩之事父，远之事君；多识于鸟兽草木之名"，古今诗人恐怕没有哪一位会恪守这种准则。但孔子并没有说错，从阅读、编选或批评的角度，我们完全可以编一本伦理诗选，或认知诗选。而诗歌也从来不畏惧它的现实功能。在某次诗歌朗诵会上，某诗人的妻子说，她因为被诗人的一首诗感动，决定嫁给他，我信以为真。如果真的有诗神，我觉得他一定既神通广大又很幽默，偶尔还要做做月老牵线之类的好人好事。

李商雨：再讨论一个比较时髦的话题，不过我觉得这是必要的，而不是赶时髦。那就是柏桦诗歌中的身体问题。我注意到，日本文学中，自古以来，也是对身体有所偏爱，而身体这个话题，也是近些年的一个大话题，可以谈得很深刻，大家如果觉得精力有限，可以简单谈一下。我认为，柏桦诗歌中的身体至少从他写作的早期就开始了，应该不是为了赶时髦。在

《语言问题》一诗中，他说："纳博科夫一听德语就恶心／赫塔·米勒一说俄语就感冒"，这简直不可理喻。又比如在《放屁》一诗中，他写道："教授抠鼻屎，老妪小解，乃寻常事／女工黎明放屁呢，读到如此高雅的／描写，我非常敬重青木健作的才气。"而柏桦就此诗做了一个注释，云材料来自芥川《续野人生计事》之第一篇《放屁》。怎么看这样的写作？诸如此类的写法，简直成就了柏桦在当代的独一无二。

王语行：肉身悲哀，肉身快乐；肉身卑贱，肉身高贵。肉身，是人存在的一部分，柏桦不回避肉身的可笑与凡俗，写出来之后，反倒有一种怪异、嘲讽的美。或许可以说，审丑、审怪是更高级的审美，庄子笔下的丑人、怪人就不少，那是另一层次的美。柏桦写肉身的种种，其指向是生命的存在状态，荒诞的、无聊的、无意义的，甚至是虚无的……在柏桦笔下，由于有了超然的距离，肉体也成了可见的精神。只写纯粹的肉体，多没有意思！

周东升：这个"放屁"，很可能标志着新诗的一个向度呢——这当然是故作惊人语。屁本是正常的生理现象，和别的一些生理现象一样，人人有，日日有，却又饱受文化的规训，从不能登大雅之堂。以至公共场合中，全部的屁都要失声，它的造物主也总是羞于认领它。但今天有一个场合，屁是相当受尊重的，那就是病房。医生查房，总要直问做过腹部手术的人，放屁了没有，语气坦坦荡荡，病人若是放了，回答时就会多几分坦然。放屁意味着肠胃功能的恢复，现代医学拯救了屁。因此，《放屁》一诗虽然看上去怪异，它又确实关乎屁的真义和未来。中户川笔下的那个"品行不端的少年"和女子因放屁声停止了好事，真是深受文化之害。至于藤大纳言闻屁欲出家，可谓文化之毒深入骨髓。至于青木健作的高雅描写，其实就是不避伦理禁忌，坦然言之，因此受到柏桦和芥川异口同声的赞赏。如果说这种追问事物真相、还原身体真实的写法，代表新诗的一个向度，倒是也不尽是玩笑。

这首诗和《语言问题》的写法不同，《语言问题》的叙述者是"柏桦"（用巴赫金的术语来说，即主人公），"纳博科夫一听德语就恶心／赫塔·米勒一说俄语就感冒"，我记得柏桦在别处也写过，此处他又拿来向芥川陈说、交流，实际上是要引出脱亚入欧（意味着日欧文化的贴身肉搏）后，日语的处境问题。"谁知道？"既是"柏桦"的疑惑，也是他和芥川的对话，但没有答案，或者说答案在未来。诗歌《放屁》素材几乎全部来自芥川的散文《放屁》，他的叙述者不是"柏桦"，而是芥川，一直以芥川的口吻在叙说。不过诗歌对芥川原话做了些改动，比如，原文里是"农民抠鼻垢"，柏桦改为"教授抠鼻屎"，以加强诗的张力……我好像说跑题了，打住。

另外，如果大家继续谈身体，那首《温泉诗》不可不谈呢，"男根青又长，垂挂我眼前"，比起萨德的撕裂和污秽，它有着东方式的温柔、洁净和致命性。

李商雨：最后一个问题，轻松一些，请在《竹笑》里找几个词语，比如《粪中舍利》的"粪中舍利"，这样两个水火不容的词语并置，我觉得很有意思；这也是柏桦诗歌中常常见到的写法。所以想就此谈谈自己的看法，也是可以的。

王语行：此类反差在柏桦诗中颇多，如："我面相庄严，在写言情小说。"这种反差很迷人，有一种滑稽的郑重、冷然的幽默，令人诧异，却又有所思悟，思悟人生的窘迫、空虚与茶然疲役……

王治田：这是个很有意思的话题，所谓"水火不容的词语并置"，最直观的感受便是一种惊颤的、"陌生化"的效果。我觉得一方面是声音，商雨兄提过"语言的狂欢"，比如"铁风"，比如"苹果树拂岸"，其实"铁笑"和"竹笑"也是这样的词汇（这两个词本身便带有超现实的色彩。试问：铁怎么笑？竹怎么笑？）。这里面有一种反讽的诙谐，也是一种无理而妙，这在柏桦的早期诗歌已有这样的痕迹，比如"就像要改变一种镇静的仇恨不可能一样"（《抒情诗一首》），有人问我，什么是"镇静的仇恨"呢？另外一方面，我觉得，这种词语的并置本身便包含了一种洞见。"粪中舍利"，不就是庄子说的"道在屎溺"吗？

2016年12月12日

图书在版编目 (CIP) 数据

竹笑：同芥川龙之介东游 / 柏桦著. — 北京：北京十月文艺出版社，2019.12

ISBN 978-7-5302-1985-0

Ⅰ.①竹… Ⅱ.①柏… Ⅲ.①诗集—中国—当代 Ⅳ.①I227

中国版本图书馆 CIP 数据核字 (2019) 第 171741 号

竹笑：同芥川龙之介东游
ZHUXIAO：TONG JIECHUANLONGZHIJIE DONGYOU
柏桦 著

出　　版　北京出版集团公司
　　　　　　北京十月文艺出版社
地　　址　北京北三环中路 6 号
邮　　编　100120
网　　址　www.bph.com.cn
发　　行　新经典发行有限公司
　　　　　　电话（010）68423599
经　　销　新华书店
印　　刷　北京盛通印刷股份有限公司
版　　次　2019 年 12 月第 1 版
　　　　　　2019 年 12 月第 1 次印刷
开　　本　787 毫米×1092 毫米 1/32
印　　张　11.75
字　　数　193 千字
书　　号　ISBN 978-7-5302-1985-0
定　　价　42.00 元
质量监督电话　010-58572393
如有印装质量问题，由本社负责调换。